KB275927

친밀한 가해자

친밀한 사해자

손현주 장편소설

우리학교

차례

일러두기

– 이 책에 등장하는 인물, 사건, 지역 등은 모두 허구로, 실제와는 무관합니다.

1

비가 추적추적 내렸다. 우산을 쓰지 않아서 옷이 흠뻑 젖었다. 비를 조금이라도 덜 맞으려고 준형은 있는 힘을 다해 뛰었다. 이런 날이 제일 싫다. 재수 없는 날. 아침에 일기 예보를 봤어야 했다. 하늘이 어두운 게 비가 계속 쏟아질 것 같았다. 멀리 버스 정류장에 현서가 서 있었다.

"왔냐? 날씨가 왜 이 모양이냐."

정류장 지붕 아래로 들어서자 현서가 투덜거렸다.

"아씨, 너도 우산 없냐."

준형이 젖은 옷과 머리카락을 털어 내는데 주머니에서 진동이 느껴졌다. 핸드폰을 꺼내 알림 창을 열었다.

우리 준형, 오늘 하루 어땠어? 할머니는 아침에 일어나면 제일 먼저 네 생각을 한단다. 요즘 날씨가 안 좋은데 감기 걸리지 않게 조심하고. 우리 준형이는 뭐든 잘하니까 믿는다. 할머니가 늘 네 편이라는 걸 잊지 말고. 사랑해.

버스가 천천히 정류장 앞에 멈춰 섰다. 준형은 가방을 둘러메고 현서와 함께 버스에 올랐다. 방과 후라 버스 안은 교복입은 아이들로 가득했다. 창문으로 빗방울이 사정없이 내리쳤다. 핸드폰이 다시 진동했다.

> 참, 준형아. 이번 주말에 할머니 집에 올래? 할머니가 백화점에 갔다가 이건 우리 준형이가 입으면 딱이다 하는 티셔츠랑 운동화 사 왔어. 너 안 오면 할머니가 입을지도 몰라 ㅋ 요즘 애들한테 인기 짱인 스타일이래. 그날 오면 새로 오픈한 맛집도 가자! 우리 보물.

준형은 제 핸드폰을 현서 눈앞에 내밀었다.

"개부럽다. 나는 왜 이런 부자 할머니가 없냐."

"뭐가 부러워. 이거 씹으면 전화 오고 난리도 아닌데. 하트라도 하나 보내야 돼. 엄청 귀찮아."

"지금 그걸 말이라고 하냐? 통장에 용돈 쏴 주는 할머니 있으면 나는 매일 백 번이라도 보내겠다."

현서가 너무 쉬운 일이라고 웃었다.

"쉬운 일? 뭐, 좋긴 한데 쉬운 일은 아냐. 물어보지도 않고 무작정 할머니 취향대로 사 주는 거 웃으면서 받아 봐라."

"그게 바로 왕관의 무게 아니겠냐. 그런 거라도 견뎌야 공평하지."

"내가 말 안 해서 그렇지, 나도 나름대로 힘들게 산다."

"그래? 그럼 그 왕관 나한테 넘겨라."

현서가 장난스럽게 헤드록을 걸었다.

"야야, 사람 사람."

준형이 현서의 팔을 치자 현서가 웃으며 팔을 풀었다.

"근데 너 영어 만점 받았더라?"

"운이 좋았지."

준형이 머리를 쓸어 넘기며 말했다. 현서가 고개를 절레절레 저었다.

"신이 진짜 사람 차별한다."

"차별은 무슨. 너도 성적 좋잖아! 어이없네."

"에휴, 금수저 아니면 공부라도 열심히 해야지."

과장스럽게 한숨을 내쉰 현서가 무언가 생각났다는 듯 준형을 툭툭 쳤다.

"야, 근데 아까 김서연이 계속 네 자리 가더라?"

"학원 숙제 좀 보여 달라고 하던데."

"아니, 누가 믿냐? 문제집은 뭐 쳐다보지도 않던데. 그걸 모른 척하네."

"엮지 마, 엮지 마. 근데 넌 맨날 내 자리만 보냐? 왜 이렇게 잘 알아?"

"본 게 아니라 보인 거거든. 이런 놈이 세상에서 제일 나쁜 건데. 불쌍한 김서연.”

버스가 정류장에 가까워지며 속도를 줄였다.

“아, 배고프다. 너네 편의점 가서 뭐 좀 먹자. 우리 아파트에 너네 편의점 있어서 진짜 편해.”

준형이 버스에서 내려 아파트 단지로 걸어가며 말했다. 어느새 빗줄기가 가늘어져 있었다.

“그래, 매상 좀 팍팍 올려 주고 가라.”

“왜, 요새 장사 안되냐?”

“말도 마. 길 건너에 편의점이 두 개나 더 생겼어. 알바도 안 쓰고 아빠랑 엄마가 교대로 일하는데 많이 힘든가 보더라.”

현서가 말하는 사이 준형은 벌써 편의점 안으로 들어섰다.

“너희 왔구나.”

현서 아빠가 준형과 현서를 웃으며 반겼다.

“배고프지. 뭐 좀 먹으렴.”

둘은 김밥과 즉석 도시락이 있는 매대로 갔다. 김밥을 고르던 준형이 불쑥 도시락 하나를 집어 들고는 현서 아빠를 향해 물었다.

“아저씨, 이거 유통 기한 지난 거 아니에요?”

현서 아빠가 다가와 라벨을 확인했다.

“어이쿠.”

“이런 거 팔면 안 되는 거 아시죠? 조심하세요. 이런 걸로 신고 들어오면 벌금 커요."

"그래, 내가 깜빡했구나. 그래도 유통 기한 지난 건 바코드 찍을 때 뜨니까 너무 걱정 말고."

현서 아빠는 대수롭지 않게 말하곤 계산대로 돌아갔다. 그러나 현서는 준형의 말에 조금 언짢았다.

"너 말 함부로 하는 거 같다."

순간 당황한 준형이 현서의 얼굴을 흘끗 살폈다.

"아니, 난 그냥 요즘 이런 일이 문제가 되니까……."

"우리 아빠 속이면서 장사하는 사람 아냐."

준형은 말을 잇지 못했다.

"내 말 기분 나빴냐? 미안하다."

현서는 대꾸하지 않았다.

"뭐 먹고 싶어, 내가 다 살게. 아이스크림 먹을래? 어?"

준형이 제 기분을 풀어 주려 애쓰는 게 눈에 보여서 현서는 픽 웃으며 고개를 끄덕였다.

"그래, 제일 비싼 거로 사라."

"오케이. 우리 집 가서 먹고 게임 한 판 콜?"

둘은 컵라면을 빠르게 먹어 치운 후 자리에서 일어났다. 편의점을 나가려는데 계산대가 비어 있었다.

"아빠, 우리 가요!"

창고 문이 열리더니 생수 팩을 힘겹게 끌어안은 현서 아빠가 모습을 드러냈다. 현서는 빠른 걸음으로 다가가 생수 팩을 받아 들었다.

"이거 무거워. 놔둬. 내가 할게."

"괜찮아요. 아빠보다 제가 더 힘셀걸요."

현서는 생수 팩을 번쩍 안아 들고 계산대 쪽으로 걸어갔다.

"무거운 건 혼자 들지 말고 저 부르라니까요."

"너 아빠를 너무 무시하는 거 아니야? 이제 됐으니 빨리 가 봐라. 친구 기다린다."

아빠는 현서가 생수를 내려놓자마자 출입문 쪽으로 떠밀었다. 현서는 마지못해 편의점을 나섰다.

2

엘리베이터 앞에 아래층 할머니가 서 있었다. 단단히 틀어 올린 백발과 반듯한 옷차림, 주름진 얼굴에 엄격해 보이는 눈매. 할머니를 본 준형은 눈길을 다른 데로 돌렸다.

잠시 후 엘리베이터 문이 열렸다. 준형과 현서가 먼저, 아래층 할머니가 뒤따라 올라탔다. 준형이 재빨리 10층 버튼을 누르고 손을 떼자 할머니가 9층 버튼을 눌렀다. 엘리베이터에 탄 사람은 셋뿐이었다. 할머니는 말없이 앞만 바라보고 있었지만 어색한 공기에 숨이 막혔다. 준형은 어젯밤 일을 떠올렸다.

밤 아홉 시가 넘어 울린 인터폰. 엄마와 아빠는 외출 중이라 준형이 현관문을 열었다. 흰 머리칼을 뒤로 넘긴 아래층 할머니가 잠옷 위에 얇은 스웨터를 걸친 채 서 있었다. 화를 참지 못하겠다는 듯 눈에 잔뜩 힘이 들어간 표정이었다.

"너희 지금이 몇 신 줄 알아? 어쩌자고 이 시간에 쿵쿵거려?"

"제가 그런 게 아닌데…… 죄송해요."

"늘 말로만 죄송하다고 하면 뭐 해? 밤마다 무슨 운동회 해! 여기가 너희 앞마당이라도 돼?"

그 순간 거실에서 쿵, 하는 소리가 났다. 채원이다. 할머니 얼굴이 더 일그러졌다.

'이런 미친…… 하필 이럴 때.'

준형은 말을 속으로 삼키며 애써 표정을 관리했다.

"너도 저 소리 들었지? 하루이틀도 아니고."

"할머니, 이제 아홉 시 좀 넘었어요. 아직 잘 시간 아니잖아요."

준형이 볼멘소리로 말했다.

"나는 아홉 시면 잔다고 몇 번이나 말했니? 조심해 달라고 했잖아."

"매번 어떻게 집에서 살금살금 다녀요? 저희가 다락방에 숨어 사는 유대인도 아니고."

준형이 참지 못하고 소리쳤다.

"너 말 한번 잘하는구나. 그럼 내가 독일 나치 놈이라도 된단 말이야? 어디서 어른한테 버르장머리 없이 소리를 질러!"

할머니 목소리가 복도에 쩌렁쩌렁하게 울렸다. 그때 엘리베이터에서 엄마와 아빠가 내렸다. 문 앞에 서 있는 할머니를 보자마자 상황을 눈치챈 엄마 아빠는 연신 죄송하다며 고개를 숙였다. 할머니가 이사 온 뒤로는 늘 이런 식이었다. 그 전에 살던 사람들은 한 번도 층간 소음 문제로 시비를 건 적이 없었는데.

"너도 할머니한테 얼른 사과드려."

엄마가 준형의 옆구리를 쿡 찔렀다. 하지만 이런 사과를 백 날 해 봤자 집에 밑 빠진 독이 있는 한 소용없는 일이다.

"……죄송해요."

준형이 마지못해 고개 숙인 후에야 소동이 끝났다.

그렇지 않아도 좋을 게 없는 사이인데 바로 어젯밤에도 언성을 높였더니 좁은 공간에 함께 있는 게 불편했다. 다행히 9층까지 올라가는 동안 할머니는 별말이 없었지만, 뒤통수에서 마뜩잖아하는 기색이 고스란히 느껴졌다.

'할머니만 힘든 줄 알아요? 우리도 힘들다고요.'

준형은 어젯밤 할머니가 아래층으로 돌아가자 지친 표정으로 한숨을 쉬던 엄마 아빠를 떠올렸다.

"요즘 아래층 할머니가 더 예민해지신 것 같아. 애들이 거실에서 조금만 움직여도 득달같이 올라와서 트집을 잡으니까 미치겠어. 아홉 시부터 주무신다는데 우리는 그 시간이면 초저녁이잖아. 진짜 내 집에서 이렇게 불안하게 살아야 돼?"

"아니면 약간 치매 기 있으신 거 아닐까?"

"저 할머니가 치매? 말도 안 돼. 교장 선생님이었던 분이 치매라니.”

“치매가 뭐 직업 따져 오는 줄 알아?”

“복지관이라도 나가시면 좋을 텐데…… 집에 계속 혼자 계
시니까 예민해지는 거 같애. 딸도 있다는데 자기 엄마 좀 종종
들여다보면 얼마나 좋아. 저러다 무슨 일 나면 어떡하려고.”

“요즘 어르신 케어 센터가 얼마나 많은데, 뭐가 걱정이야.”

그러고서 엄마 아빠는 노인 문제가 심각하다느니 어쩌느니
하는 소리를 한참 늘어놓았다. 마침내 9층에 도착한 엘리베이
터가 땡, 소리와 함께 멈춰 섰다. 할머니가 성큼 걸어 나갔다.

준형은 집에 들어오자마자 가방을 대충 소파 위에 던져 놓
고 방으로 들어가 컴퓨터부터 켰다. 현서 역시 가방을 소파 위
에 던져 놓고 준형 옆에 앉아 노트북을 켰다. 디스코드에 접속
하자 친구들의 목소리가 들렸다.

“야, 오늘 진짜 집중해야 돼. 우리 다이아 승급전이야.”

“어차피 준형이가 캐리할 거잖아?”

“핑이나 제대로 찍어.”

준형과 현서는 익숙한 손놀림으로 마우스를 움직였다. 화면
속 캐릭터가 적을 기습해 킬을 따낼 때마다 친구들의 환호가
이어졌다.

“오케이! 한준형 미쳤다!”

"이게 에이스지!"

한참 게임에 몰두해 있는데 핸드폰이 울렸다. 엄마였다. 준형은 헤드셋을 벗고 전화를 스피커폰으로 돌렸다.

"어, 엄마 왜."

전화를 받는 동안에도 준형의 손은 쉴 새 없이 움직였다.

"준형아, 집이니? 혹시 채원이 집에 있어?"

"없는 것 같은데. 현관에 신발 없었어."

"그럼 빨리 나가서 찾아봐!"

"아, 알아서 들어오겠지. 뭐 하루이틀이야?"

"너 진짜 이럴래? 네 동생 일이야."

"내가 지금 나갈 수 있는 상황이 아니라고!"

핸드폰에서 흘러나오는 엄마의 목소리가 준형을 짜증스럽게 했다.

"넌 너밖에 모르지? 네가 그러고도 오빠니?"

"아쉬울 때만 오빠야! 아 몰라, 끊어!"

준형은 전화를 끊고 헤드셋을 다시 썼다. 하지만 그사이 친구들이 뿔뿔이 흩어져 공격 패턴이 깨져 버렸다. 연이은 총성 사이로 친구들이 아우성치는 소리가 들렸다. 게임을 계속할수록 준형은 가슴이 답답했다. 어이없는 실수도 여러 번 했다. 평소였다면 준형이 상대 팀 여럿을 쓰러뜨리면서 위기를 넘겼을 텐데, 오늘은 점점 무너지고만 있었다.

“야, 왜 그래? 애들 다이아 달아 주기 싫냐?”

현서가 장난스레 한마디 했다. 준형은 마우스를 움직이던 손을 멈췄다. 더 이상 게임이 눈에 들어오지 않았다.

“나 좀 나갔다 올게.”

“어디 가게.”

“아, 잠깐 머리 좀 식히려고…….”

“그럼 나도 그냥 집에 가야겠다.”

게임 속 전투는 그대로 중단됐다. 화면에는 정지한 캐릭터만이 덩그러니 남았다.

3

 준형은 현서를 배웅하러 현관 밖으로 따라 나왔다. 마침 엘리베이터가 10층으로 내려오는 중이었다. 현서가 엘리베이터를 타고 내려간 뒤 준형은 비상계단으로 걸어갔다. 문을 열자 움직임을 감지한 센서 등이 반짝 켜졌을 뿐, 안에는 아무도 없었다. 준형은 층계참 벽에 몸을 기대고 조금 전 엄마와의 통화를 떠올렸다.

 요즘 들어 동생 채원이 때문에 엄마랑 다투는 일이 많았다. 저도 모르게 나오는 한숨을 삼키며 호주머니에서 담배를 꺼냈다. 며칠 전부터 아빠의 담배를 몇 개비 몰래 훔쳐 피우고 있었다. 이러면 안 된다는 생각은 했지만, 담배를 입에 물고만 있어도 답답한 기분이 조금 나아지는 것 같았다. 사실 준형은 화장실이나 후미진 골목에서 몰래 담배 피우는 애들을 볼 때면 경멸의 눈빛을 보내곤 했다. 그랬던 자신이 그들과 같은 짓을 하고 있다는 게 어이없었다. 그러나 아무도 모르게 피우는 담배 맛은 썩 나쁘지 않았다.

준형을 끔찍이 아끼는 부암동 할머니, 그런 할머니의 건물을 관리하는 아빠, 자폐를 앓고 있는 여동생 채원이 그리고 언제나 채원이만 보살피는 엄마. 준형은 그 틈바구니에서 종종 숨이 막힐 것만 같았다. 친구들은 금수저라며 준형을 부러워했고 또 그런 시선이 기분 나쁘지도 않았지만, 집이 잘산다고 해서 말 못 할 고민이 없는 건 아니었다.

준형은 담배에 불을 붙였다. 첫 모금을 빨아들이는 순간 긴장감이 풀리며 눈이 스르륵 감겼다. 등을 기댄 벽에서 서늘함이 느껴졌다. 학교도 집도 아닌 비상계단이 이상하게 편안했다. 꼭 준형 자신만의 공간 같았다. 쪽창을 통해 건너편 아파트가 보였다. 옥상 점멸등이 깜박거리고 있었다.

그때 누군가 계단을 올라오는 발소리가 들렸다. 이제 겨우 한 모금 빨아들였는데 이대로 끄고 싶지 않았다. 준형은 발소리를 무시하고 한 모금 더 빨아들였다.

"너 준형이 아니니?"

누군가 자신의 이름을 불렀다. 고개를 돌리자 몇 계단 아래에 서 있는 사람과 눈이 마주쳤다. 매서운 눈초리. 아래층 할머니였다. 순간 가슴이 철렁 내려앉았다. 여기서 할머니를 마주칠 줄은 상상도 못 했다.

아래층 할머니는 거의 하루걸러 한 번씩 집으로 찾아와 시끄럽다고 항의를 했다. 층간 소음의 원인은 채원이었다. 채원이는 자기만의 세계에 골몰해 있다가도 느닷없이 소란을 일으키곤 했다. 발소리를 내며 강아지 둘리를 졸졸 따라다니거나 제자리에서 콩콩댔다. 그때마다 가족들이 주의를 주기도 하고 달래 보기도 했지만, 아이가 제 발로 집 안을 돌아다니는 걸 막을 수는 없는 노릇이었다. 아래층 할머니에게도 채원의 상태를 설명하고 양해를 구했으나 소용없었다. 할머니는 이해는 커녕 오히려 준형을 층간 소음의 주범으로 몰아갔다.

"너 여기서 뭐 하는 거니?"

할머니가 물었다. 준형은 그제야 담배를 쥔 손을 허리춤 뒤로 숨겼다.

"숨길 필요 없다. 이미 다 봤으니까."

할머니가 날카롭게 쏘아붙였다. 준형은 아무 말도 못 하고 고개를 숙였지만 마음속에서는 반발심이 끓어올랐다.

"너희 엄마도 너 이러는 거 아니?"

"무슨 상관인데요. 신경 *끄고* 가세요."

준형의 퉁명스러운 대꾸에 할머니의 표정이 굳어졌다.

"이 녀석이 어른한테 버릇없이. 오냐, 너희 엄마한테 말해도 그딴 식으로 나올 거니?"

"아, 진짜. 가서 말하시든가요."

준형이 코웃음을 치며 뾰족하게 대꾸했다. 그 불손한 태도에 화가 난 할머니가 준형이 서 있는 층계참 바로 아래까지 성큼성큼 올라왔다. 순식간에 준형과 가까워진 할머니가 주름진 손을 내밀었다.

"아휴, 이 담배 냄새 좀 봐. 담배 이리 내놔."

"할머니가 뭔데요."

"쿵쿵대는 것도 모자라서 이제는 담배까지 피우는구나."

"제가 내는 소리 아니거든요? 동생이 그러는 건데 왜 자꾸 저한테 뭐라고 해요?"

"네가 뛰든 동생이 뛰든! 다른 사람 생각은 안 하니? 이 담배 연기도 아래층으로 내려오는 거 몰라?"

준형은 할머니가 내뱉는 말들에 이상하리만큼 화가 치솟았다. 고삐가 풀린 듯 앞뒤 분간 없는 말이 튀어나왔다.

"그렇게 맘에 안 들면 이사 가면 될 거 아니에요!"

"이사? 이사가 그리 쉬운 줄 알아? 내 눈으로 본 이상 그냥 넘어갈 수 없어. 어서 담배 내놔!"

할머니의 손이 준형의 팔을 잡아채려 했다. 준형은 몸을 뒤로 빼며 할머니의 손을 뿌리쳤다.

"너 날 쳤어? 감히 어른을 쳐!"

"제가 언제 쳤어요? 할머니가 절 잡으려고 했잖아요!"

"당장 그 담배 내놓지 못해! 너희 학교 교장이 내 대학 후배인 거 알아? 모르지? 당장 내일이라도 내가 이 사실을 알리면 넌 징계야!"

협박이나 마찬가지인 말이었다. 인내심이 바닥난 준형이 소리쳤다.

"그래요, 해 보려면 해 봐요! 누가 무서워할 줄 알아요!"

준형은 이제 화를 넘어 분노가 치밀어 올랐다. 인내심이 바닥난 건 준형만이 아닌지, 할머니가 성급히 한 계단 더 올라섰다. 그러다 발끝이 계단 모서리에 걸리자 할머니는 몸을 지탱하려 난간에 한 손을 짚으며 호통을 쳤다.

"너 같은 애는 단단히 혼이 나야 정신을 차려!"

준형이 손을 앞으로 내저으며 할머니를 막으려 했지만 이번에는 할머니가 더 빨랐다. 할머니는 준형의 팔을 붙잡고 당장 따라오라고 소리쳤다.

아니, 그렇게 소리쳤던 것 같다.

팔이 붙잡힌 순간부터 준형의 기억은 흐릿했다. 몸부림치면서 팔을 빼려고 했던 것 같다. 몸이 무게 중심을 잃으면서 여기서 넘어지기라도 하면 큰일인데, 하는 생각도 언뜻 했던 것 같다. 그 순간, 팔을 움켜쥔 힘이 갑자기 사라지고 꼭 시간이 느려진 듯 허공을 천천히 휘젓는 주름진 손이 보였다. 준형은 한 발짝도 움직일 수 없었다. 몸이 굳어 버린 것만 같았다.

이윽고 둔탁한 소리가 비상계단에 울려 퍼졌다.

"할…… 할머니!"

준형의 입에서 신음과도 같은 목소리가 새어 나왔다. 자신의 목소리인데도 아득히 먼 곳에서 들려오는 것 같았다. 준형은 가까스로 아래를 내려다봤다. 아무것도 보이지 않았다. 몇 계단 내려가니 층계참 한쪽에 할머니가 쓰러져 있었다. 심장이 미친 듯이 뛰었다. 후들거리는 다리로 계단을 내려간 준형은 할머니를 가까이서 볼 엄두가 나지 않아 옆에 서서 조심스레 살폈다.

"할머니…… 할머니?"

몇 번을 불러도 대답이 없었다. 축 늘어진 몸, 구부러진 팔과 다리, 핏기 없는 얼굴. 기절하신 걸까. 가슴이 조여 와 숨을 쉴 수가 없었다. 세상이 멈춘 것만 같은 정적 속에서 들리는 건 제거친 숨소리뿐이었다. 119를 불러야겠지. 준형은 핸드폰을 꺼냈다. 손이 덜덜 떨려서 몇 번이나 떨어트릴 뻔했다.

하지만 막상 키패드에 숫자를 찍고 나니 덜컥 겁이 났다. 지금 신고하면 경찰이 오겠지. 아파트 주민들도 모여들겠지. 아래층 할머니와 층간 소음 문제로 갈등이 컸다는 걸 아는 사람들이 많은데, 다들 뭐라고 생각할까. 준형이 무슨 말을 하든 사람들은 자기가 믿고 싶은 대로 믿을 것이다. 경찰은 준형이 할머니를 밀었다고 단정할지도 모른다. 그럼 잡혀가는 걸까. 학교에 이 일이 알려지면 어떻게 되는 걸까.

준형은 입술을 잘근잘근 씹으며 주위를 둘러보았다. 다행인지 불행인지 CCTV 같은 건 없었다. 속이 울렁거리고 온몸이 폭발할 것 같았다. 당장 이 자리에서 도망치고만 싶었다. 준형은 자리에서 벌떡 일어나 계단을 미친 듯이 뛰어올랐다. 다리가 물먹은 솜처럼 무거웠지만 멈출 수 없었다. 간신히 마지막 계단까지 올라온 준형이 숨을 헐떡였다. 돌아볼 생각 같은 건 없었는데 무언가에 이끌린 듯 고개가 계단 아래로 향했다. 순간 센서 등이 꺼졌고, 어두컴컴한 층계참에 쓰러져 있을 할머니는 보이지 않았다. 준형은 비상계단을 나갔다.

4

허겁지겁 들어오다 현관에서 채원을 맞닥뜨린 준형은 소스라치게 놀라 소리부터 질렀다.

"너…… 너 뭐야? 왜 여기 서 있어!"

채원이는 우두커니 서서 아무 표정 없이 준형을 바라보았다.

"너 언제부터 여기 있었어? 어?"

공포에 질린 준형이 재차 물었지만 채원은 그저 가만히 서 있을 뿐이었다. 또 자기만의 세계에 빠져 있는 것 같았다. 준형은 그런 채원의 모습에 울컥 짜증이 치밀었지만 무시하고 신발을 벗었다. 거실에서 달려 나온 둘리가 주위를 빙글빙글 돌며 꼬리를 흔들었다. 채원은 둘리를 보자마자 번쩍 안아 들고는 방으로 들어갔다.

채원의 방 문이 닫히자 다리에 힘이 풀렸다. 크게 숨을 몰아쉰 준형은 그제야 제 온몸이 땀에 흠뻑 젖은 걸 알아차리고는 화장실로 향했다. 세수라도 하려고 물을 트는데 손에 쥔 핸드폰이 눈에 들어왔다. 화면에 마구잡이로 눌린 숫자가 그대로 떠 있었다.

'아, 어떡하지. 신고를 해야 돼, 말아야 돼……'

쏟아지는 물줄기를 보며 준형은 멍하니 넋을 놓았다. 조금 전에 일어난 일이 믿기지 않았다. 너무 순식간에 벌어진 일이라 무슨 일이 일어난 건지, 뭐가 어떻게 된 건지 도무지 알 수가 없었다. 싱크홀에 빠진 느낌이었다. 신고를 하면 경찰이 자신을 믿어 줄까? 실랑이를 벌이기는 했지만 할머니를 민 기억 같은 건 없었다. 아니, 실랑이한 이야기는 빼고 그냥 비상계단에 갔다가 쓰러져 있는 할머니를 발견했다고 할까? 아무리 생각해도 제대로 된 판단을 내리기가 어려웠다. 준형은 통화 기록 맨 위에 있는 번호를 눌렀다. 통화 연결음이 길게 이어졌다.

"제발……"

왜 이렇게 안 받아, 싶을 때쯤 통화 연결음이 끊기고 아빠의 목소리가 들려왔다.

"준형아, 이 시간에 무슨 일이야?"

아빠의 목소리를 듣자 그제야 정신이 들었다. 문득 거울에 비친 제 모습이 눈에 들어왔다. 창백한 낯빛, 땀에 들러붙은 머리카락, 일그러진 표정. 꼭 다른 사람의 얼굴처럼 낯설게 느껴졌다.

"아빠, 지금 집에 올 수 있어?"

"무슨 일인데 그래?"

"아, 일단 올 수 있냐고! 일이 생겼다고……."

준형이 다급하고 떨리는 목소리로 말했다. 할머니 얘기를 차마 전화로 꺼낼 수는 없었다.

"어, 알았어. 지금 갈게."

준형은 아빠가 온다는 말을 듣고 겨우 안도의 숨을 내쉬었다. 아빠라면 분명 해결 방법을 알고 있을 것이다.

그러나 안도한 것도 잠시, 아빠를 기다리는 시간이 고통스러울 만큼 느리게 흘렀다. 시계를 몇 번이나 봤지만 겨우 일이 분이 지났을 뿐이었다. 혹시 할머니가 어떻게 된 건 아닌지 겁이 나고 불안해서 도통 견딜 수가 없었다.

준형은 집을 나와 다시 비상계단으로 갔다. 하지만 문 앞에 서자 두 발이 바닥에 단단히 박힌 것처럼 움직이지 않았다. 안에 들어가 볼 엄두가 나지 않았다. 아까 할머니가 숨을 쉬었던가? 그런 생각을 하니 속이 뒤집힐 듯 울렁거렸다. 목이 바짝 말라 침을 삼키기도 힘들었다. 준형은 다시 핸드폰을 보았다. 이제 겨우 오 분이 지나 있었다. 지금쯤 아빠는 출발했겠지?

안 되겠다. 준형은 발걸음을 돌려 다시 집 안으로 들어왔다. 방문을 닫고 침대 위에 앉으니 조금 진정되는 것 같았다. 생각을 해 보자. 할머니랑 다투는 걸 보거나 들은 사람이 있었을까? 비상계단에는 분명 아무도 없었다. 자신이 처음 마주친 사람도 채원이였다. 누가 봤다면 벌써 신고하고도 남았을 것이다.

문득 한 가지 생각이 스쳤다. 채원이는 평소에 비상계단을 수시로 드나들곤 했다. 혹시 채원이가 비상계단에 다녀가지는 않았을까?

아니, 그렇다면 오히려 신경 쓸 일이 아니었다. 자폐가 있는 채원이의 마음을 이해하는 건 거의 불가능하니까. 채원이는 알 수 없는 행동으로 수없이 가족들을 곤란하게 만들어 왔다. 작년 어린이날, 채원이에게 선물을 사 주려고 가족 모두 백화점 나들이를 갔을 때였다. 문제는 백화점에 도착한 뒤에 벌어졌다. 채원이가 갑자기 매장 한가운데 서서 괴성을 지르며 움직이기를 거부한 것이다. 엄마는 진땀을 흘리며 채원이를 진정시켰고, 아빠는 주변 사람들에게 연신 고개를 숙였다. 돌아오는 차 안에서 느꼈던 피곤함과 창피함, 짜증이 다시금 떠올랐다. 채원이에게 모든 걸 양보해야 하는 제 처지가 억울하다는 생각을 했던 것도. 그런 준형에게 엄마는 늘 이렇게 말했다.

"채원이한테는 자기가 만드는 세계가 있어. 그 세계를 무너뜨려서는 안 돼."

준형은 엄마가 하는 말을 이해할 수 없었다. 채원이의 세계는 자신이 무너뜨리기에는 한없이 견고해 보였으니까.

다시 시계를 보니 아빠가 오려면 적어도 삼십 분쯤은 기다려야 할 것 같았다. 가만히 앉아 있기에는 불안해서 준형은 컴퓨

터 앞에 앉았다. 아무 생각 없이 시간을 보내려면 게임이라도
해야 했다. 괜찮을 거다. 준형은 마우스를 움직이며 그렇게 생
각하려 애썼다. 아무것도 분명치 않았다. 아래층 할머니가 준
형에게 떠밀린 건지 아니면 할머니 스스로 발을 헛디딘 건지
도. 대체 누가 아무 관련 없는 할머니를 계단 아래로 떠밀 생
각을 한단 말인가. 담배는 호기심으로 몇 개비 피워 본 것일
뿐, 자신은 평범한 중학생이다.

핸드폰이 짧게 진동했다. 아빠인가 싶어 얼른 열어 봤지만
부암동 할머니였다.

> 준형아, 학원이니? 답이 없는 걸 보니 바쁜가 보구나. 할
> 머니가 용돈 좀 보냈다. 학원 다니느라 시간 없더라도 맛
> 있는 거 사 먹으렴.

하굣길에 받은 문자에 답장을 보내지 않았다는 게 기억났
다. 지금 문자 같은 걸 보낼 기분이 아니었지만, 할머니의 문자
를 계속 씹을 수는 없었다.

> 할머니, 요즘 제가 시험 기간이라 좀 바빠요. 시험 끝나면
> 전화 드릴게요. 용돈 보내 주셔서 감사해요.

준형은 문자에 하트 이모티콘까지 붙여서 보냈다. 할머니는 준형의 문자가 보약이라고, 준형의 전화를 받으면 아무리 힘든 일도 이겨 낼 수 있을 것 같다고 입버릇처럼 말하곤 했다. 아빠도 신신당부했다. 일주일에 한 번씩 할머니에게 전화하는 일만큼은 꼭 지켜 달라고.

준형은 어린 시절 부암동 할머니와 함께했던 기억을 떠올렸다. 부모님이 바쁠 때면 늘 할머니가 자신을 돌봐 주었다. 엄마가 채원이 때문에 정신이 없을 때도 할머니는 준형을 가장 먼저 챙겼다. 감기에 걸렸을 때 따뜻한 죽을 끓여 주신 것도, 시험을 망쳐 풀이 죽었을 때 괜찮다고 다독여 주신 것도 부암동 할머니다. 준형의 책상 서랍에는 할머니가 보낸 편지들이 여전히 남아 있다. '넌 뭐든 될 수 있어. 할머니는 널 믿어.'라고 적힌 손 편지들이.

할머니 집에는 오직 준형만을 위한 작은 방도 있었다. 명절에 온 가족이 할머니 댁에 모여도 준형이 학원 숙제나 밀린 공부를 할 수 있도록 할머니가 따로 마련해 주신 공간이었다. 엄마에게는 한 번도 받아 본 적 없는 애정이었다. 그런 과분한 사랑이 때로는 부담스럽기도 했다. 준형에 대한 편애 때문에 할머니와 엄마 사이에 갈등이 생기기도 했으니까. 준형의 생일이 돌아올 때마다 할머니는 손수 만든 케이크를 보내곤 했는데, 그걸 본 엄마는 이렇게 말했다.

"네 할머니는 널 세상에 하나밖에 없는 손주로 알아. 엄마는 그게 참 서운해. 채원이도 같은 손주인데 차별이 너무 심하잖아. 네 생일에는 케이크며 선물이며 온갖 게 날아오는데 채원이 생일에는…… 너, 할머니 믿고 함부로 행동하면 엄마는 안 봐준다. 그런 거 절대 안 통해."

부암동 할머니가 사랑을 줄수록 엄마는 엄격해졌다. 현서 말처럼 그런 할머니가 있다는 건 행운일지 모른다. 그러나 신은 늘 행운만을 주지 않는다.

5

준형 아빠는 서둘러 집으로 향했다. 대체 무슨 일일까. 불
안했다. 준형이 목소리도 평소와는 달랐다. 무슨 일이냐고 물
어도 대답이 없는 게 뭔가 불길한 예감이 들었다. 혹시 학교에
서 사고를 친 건 아닐까. 친구랑 싸우다 어디 한 군데 큰 상처
라도 냈다든지. 별별 생각을 다 하다가 신호가 바뀐 것을 놓칠
뻔했다.

아파트 정문 앞에 다다랐을 때 경찰차 한 대가 눈에 띄었다.
설마 하면서도 경찰차를 유심히 보며 천천히 지나가는데 뒷좌
석 문이 열리더니 할머니 한 분이 내렸다. 아들인지 사위인지
모를 남자가 부축해서 데려가는 걸 보니, 아무래도 길 잃은 할
머니를 데려다준 것 같았다. 어쩌면 치매를 앓는 할머니인지
도 모르고. 문득 자신의 어머니가 떠올랐다. 호랑이 같은 분이
지만, 그 나이에 누구의 돌봄이나 수발 없이 정정하신 것만으
로도 고마운 일이었다. 더욱이 자신은 어머니 명의의 건물을

관리하면서 생활비며 아이들 교육비를 벌고 있지 않은가. 지금껏 주변 사람들에게 행세하며 살 수 있었던 건 다 어머니 덕분이었다.

아니, 정확히 말하면 어머니가 준형이를 유독 귀히 여긴 덕분이었다. 준형이가 없었다면 어머니는 자신에게 건물 관리를 맡기기는커녕 차갑게 외면했을지도 모른다. 이해할 만한 일이었다. 아버지가 돌아가신 후 남은 재산을 부동산에 투자해 건물과 땅 그리고 이 부촌 아파트까지 사들인 어머니에게, 이 집 안에 기대를 걸 만한 사람이라고는 준형이 하나뿐이었으므로. 제 여동생은 비혼주의자라 자식이 없고, 채원이에게는 장애가 있다. 자신은 어머니의 기준에 미치지 못해 힘든 학창 시절을 겪었다. 하지만 준형이는 달랐다.

어머니는 누가 봐도 흠잡을 데 없는 준형이를 금지옥엽처럼 애지중지했다. 왜 자신에게는 저렇게 너그럽지 않으셨던가 싶으면서도 한편으로는 어머니가 준형이에게 애정을 쏟는 게 다행스럽기도 했다. 그 덕분에 자신은 어머니가 주는 부담에서 벗어나 숨을 쉴 수 있었으니까.

집 안은 무척 조용했다. 거실 불이 꺼져 있는 걸 보니 아내는 아직 돌아오지 않은 모양이었다. 조심스레 준형이의 방 문을 열어 보았다. 준형이는 누가 들어온 줄도 모르고 게임을 하고 있었다. 큰일 난 것처럼 굴더니 게임이라니. 별일 아니라는 생각에 안도감이 들었다.

"준형아."

이름을 부르며 어깨에 손을 얹자 준형이 화들짝 놀라며 헤드셋을 벗었다.

"무슨 일이길래 빨리 오라고 했어?"

"아, 그게……."

준형의 얼굴이 삽시간에 어두워졌다. 두려움에 질린 것 같기도 하고 애원하는 것 같기도 한 표정이었다.

"왜 말을 하다 말아?"

"……잠깐 나와 봐."

"뭔데 그래?"

준형을 따라 방을 나왔다. 준형의 수상쩍은 태도에 알 수 없는 불안감이 엄습했다. 거실에서 얘기하자는 줄 알았는데 현관문을 열어 밖으로 나간 준형이 비상계단 쪽을 가리켰다.

"저기 가 봐."

"너 왜 그래? 비상계단에 뭐가 있어?"

준형은 입을 꾹 다물고는 그 자리에 서서 꼼짝도 하지 않았다. 아빠는 비상계단 문을 열었다. 어두운 공간으로 한 걸음 내딛자 센서 등이 켜졌다.

"왜 그러는 거야? 말을 해야 알지."

제 뒤에 선 준형이 손가락으로 아래를 가리켰다.

"저 아래 말이야."

준형이 작은 소리로 말했다. 아빠는 몇 계단 내려섰다.

"아……."

자신도 모르게 신음이 새어 나왔다. 계단 아래에 사람이 쓰러져 있었다.

"저, 저 사람 누구야!"

"아래층 할머니."

준형이 더 작아진 목소리로 말했다.

"아래층 할머니? 119에 신고는 했어?"

"안 했어. 무서워서……."

"뭐? 그래, 아빠가 할게."

"하지 마, 아빠!"

준형이 다급하게 아빠의 팔을 붙잡았다.

"왜? 무슨 일인데 그래?"

"할머니 죽은 것 같아."

"뭐? 죽어?"

"응."

준형의 담담한 목소리에 순간 등이 서늘해졌다.

"혹시…… 너하고 관련 있는 거야?"

"몰라. 이게 다 저 할머니 때문이야."

"그게 무슨 말이야. 똑바로 좀 말해 봐!"

아빠가 준형의 어깨를 짚고 말했다.

"아, 나도 몰라. 모른다고!"

준형이 아빠의 팔을 힘껏 뿌리쳤다. 아빠가 비틀거리며 한 발 뒤로 물러서는 순간, 준형이 비상계단을 뛰쳐나갔다. 준형 아빠는 계단 아래를 다시 내려다봤다. 준형의 태도가 석연치 않았다. 할머니와 뭔가 있는 게 분명한데……. 한 계단 한 계단 밟아 내려가는 동안 가슴이 조마조마했다. 제발 아무 일 아니기를 바랐다.

찬 바닥에 쓰러져 있는 할머니의 얼굴은 깊은 잠에 빠진 사람처럼 평온했다. 차라리 정말 잠든 거라면.

"할머니…… 할머니…….'

조심스럽게 불러 봤지만 아무 대답도 돌아오지 않았다.

"할머니! 할머니, 일어나 보세요."

큰 소리로 불러 보아도 요지부동이었다. 무심코 할머니를 흔들어 깨우려던 아빠는 순간 멈칫했다. 만약 손이 옷에 닿기라도 했다면……. 할머니를 건들면 안 될 것 같았다. 준형 아빠는 할머니의 코 앞에 손가락을 살짝 대 봤다. 숨을 쉬는 것 같기도 했고, 아닌 것 같기도 했다. 덜컥 가슴이 내려앉았다. 할머니는 왜 여기에 이렇게 쓰러져 있는 거지? 준형이는 왜 신고하지 않았지?

온갖 생각이 머릿속을 휘저었다. 일단 준형이에게 자초지종을 물어보자. 그러고서 신고를 하든지 하자. 그렇게 생각하고 서둘러 비상계단을 올라 문을 열었는데 그 앞에 아내가 서 있었다. 방금 엘리베이터에서 내린 듯했다.

"당신 왜 거기서 나와?"

아내가 의아해하며 물었다. 낭패감이 들었다. 준형 아빠는 바로 집으로 들어가지 못하고 머뭇거렸다.

"잠깐 와 봐."

"왜, 무슨 일인데. 여기서 말하면 안 돼?"

"안 돼."

준형 아빠가 단호하게 말했다. 아내가 얼마나 놀랄지 생각하니 긴장이 됐다. 비상계단으로 따라 들어온 아내가 무슨 일인가 싶어 조급하게 물었다.

"뭐야? 여기까지 와서 할 말이?"

"저 아래에 내려가 봐. 뭐가 있는지 보고 나서 말할게."

"뭔데 그래?"

준형 아빠는 말없이 계단 아래를 가리켰다. 아내는 꺼림칙한 표정을 지으면서도 계단 아래로 발을 내디뎠다.

"어머나!"

이어 짧은 비명 소리와 함께 연달아 계단을 내려가는 발소리가 들렸다. 혹시 아내가 할머니를 건들면 어쩌나 걱정된 준형 아빠도 뒤따라 내려갔다. 당황해서 할머니에게 다가갈 생각도 못 한 듯 망연히 서 있던 아내가 물었다.

"아니, 아래층 할머니가 왜 저기 쓰러져 계셔? 119 불렀어?"

"안 돼, 아직 신고하지 말아 봐."

"당신 무슨 소리를 하는 거야?"

서둘러 핸드폰을 꺼내 들던 아내가 당혹스러운 목소리로 되물었다. 돌아보는 아내의 얼굴이 희끗하게 질려 있었다.

"이미 늦었어."

"그건 또 무슨 말이야?"

"하, 이게 무슨 일인지……."

"설마…… 당신이 저런 거야?"

"이 사람이! 나도 준형이 전화 받고 온 거야."

"준형이? 준형이가 당신한테 연락했다고?"

"뭔가 있는 것 같아. 그러니까 기다려. 함부로 움직이지 말고."

준형이라는 말에 아내의 얼굴이 일그러졌다. 그러다 다시 할머니를 바라보고는 떨리는 목소리로 중얼거렸다.

"그렇다고 할머니를 저렇게 방치해도 되는 거야? 여보, 119, 119 불러야 돼……."

"일단 준형이한테 가서 무슨 일인지 들어 보자, 응? 준형이 앞날이 걸린 일일 수도 있어."

　아내는 무언가 말하려는 듯 입을 몇 번 달싹였지만 결국 아
무 말도 하지 못했다. 불안한 듯 준형 아빠를 올려다보는 아내
의 두 눈동자에 눈물이 고여 있었다.

6

지금 아빠는 무슨 생각을 하고 있을까. 준형은 아빠를 비상 계단까지 데려가기는 했지만 막상 아빠가 자초지종을 묻기 시작하자 두려움이 몰려와 도망치듯 집 안으로 들어오고 말았다. 모든 게 깜깜했다.

잠시 후 도어락 소리, 신발 벗는 소리가 들렸다. 발소리는 곧 제 방 앞으로 다가왔다. 짧은 노크 소리에 이어 문이 열렸다. 아빠 옆에는 엄마도 있었다.

"너 어떻게 된 일이야. 설명해 봐!"

엄마는 무슨 일이 있었는지도 모르면서 준형을 보자마자 다그치기부터 했다. 준형은 반발심이 들었다.

"비상계단에서 할머니 만난 게 다야. 나도 뭐가 뭔지 모르겠다고!"

"모르다니? 지금 그걸 말이라고 해? 신고는 왜 안 했어?"

엄마는 준형이 혼란스러워하는 모습에 더 불안해져서 목소리를 높였다.

"아씨, 엄마가 뭘 아는데! 내가 그 할머니를 죽이기라도 했어?"

"너 지금 뭐라고 했어. 말이면 다인 줄 알아?"

"할머니가 내 담배를 뺏으려고 했어. 그리고 학교에 알리겠다고 협박했다고. 그게 다야!"

"담배? 너 담배 피우니? 언제부터야!"

화가 난 엄마가 소리를 질렀다.

"지금 담배가 문제가 아니잖아."

아빠가 엄마의 어깨 위에 손을 얹고 엄마를 진정시키려 애썼다.

"준형아, 그럼 할머니는 어떻게 된 거니?"

아빠는 엄마와 달리 침착한 어투로 물었다.

"뭘 어떻게 돼. 좀 전에 봤잖아. 몇 번을 말해? 나 이제 말 안 할래. 그냥 나가!"

"너! 그게 이 상황에서 할 말이야?"

엄마가 또다시 다그쳤다.

"왜 당신은 준형이 말은 들어 보지도 않고 화부터 내? 준형아, 차분하게 말을 해 봐. 무슨 일이 있었던 거야?"

아빠가 준형을 달랬다. 어릴 때 준형이는 아빠를 파란 망토를 두른 배트맨으로 그리곤 했다. 아빠는 배트맨처럼 뭐든 다

해결해 줄 것 같다면서. 그만큼 아빠에 대한 믿음이 컸다.

준형은 고개를 들어 아빠를 바라보았다. 자신이 뭘 잘못했는지 알 수가 없었다. 먼저 시비를 건 것도, 건드린 것도 아래층 할머니였다. 자신은 피하기만 했지 아무것도 하지 않았다. 하지만 상황을 있는 그대로 말해도 엄마가 믿어 줄 것 같지 않았다. 아빠가 준형의 눈을 바라보며 나지막이 물었다.

"할머니하고 몸싸움이라도 한 거야? 잘 생각해 봐."

"모르겠어. 할머니가 갑자기 나한테서 담배를 뺏으려고 하다가 떨어졌는데…… 할머니가 발을 헛디딘 것 같아."

준형도 조금 전과 달리 차분하게 대답하려고 애썼다. 엄마가 되물었다.

"그 말 진짜니?"

"그럼 엄마는 내가 거짓말하고 있다는 거야? "

"너 솔직하게 말해야 돼. 이건 중요한 문제야."

"뭘 솔직하게 말하라는 거야! 엄마는 내가 할머니를 일부러 어떻게 했다는 말을 듣고 싶은 거잖아! 할머니가 먼저 시비를 걸었다고!"

"무슨 시비?"

"우리 학교 교장이 자기 후배라고, 담배 피운 거 알리겠다고……."

"그래서! 그래서 할머니랑 싸웠니?"

“더 이상 말 안 할래! 말을 해도 믿지도 않을 거면서 나보고 어쩌라고!”

준형은 소리를 내지르며 책상 위에 있는 잡동사니들을 손으로 쓸어 버렸다. 볼펜꽂이와 무선 마우스, 책들이 바닥으로 우당탕 쏟아졌다.

“너! 너! 이게 무슨 짓이야!”

순식간에 엉망이 된 방 안에서 엄마가 소리쳤다.

“할머니가 먼저 그런 건데 왜 나한테 그래. 왜 나한테만 그러냐고! 다 그 할머니 때문이야. 만약에 문제가 된다고 해도 난 미성년자야!”

“미성년자라고 해서 처벌을 안 하는 줄 알아!”

“여보! 준형아! 지금 이렇게 감정적으로 나가면 안 돼. 우리 모두 침착해야 한다고. 당신도 일단 차분히 생각 좀 하고 대화하자.”

아빠가 엄마를 방 밖으로 데리고 나갔다. 엄마는 당장이라도 준형을 경찰서에 끌고 갈 태세로 보였다. 준형은 화가 나고 억울했다. 언제나 그랬다. 엄마는 자신의 마음을 헤아려 준 적이 없었다. 무슨 일이 생기면 채원이에게는 얼른 다가가 괜찮은지 물어보면서, 준형에게는 비난부터 내뱉기 바빴다.

별일 없을 거다. 있어 봤자 나는 미성년자다. 준형은 그렇게 생각하며 두려움을 가라앉히려 애썼다. 그러나 자신도 모르게 몸이 부들부들 떨렸다. 이대로 모든 것을 내팽개치고 도망가고 싶었지만 그런다고 달라질 건 없었다. 이미 벌어진 일이었다. 막막한 공포가 몰려왔다.

준형은 침대로 가서 이불을 뒤집어썼다. 그런데 누군가 방문을 여는 소리가 들리더니 이불이 들춰졌다. 채원이었다. 손에 핸드폰이 들려 있는 걸 보니 동영상을 찍는 중인 것 같았다.

"야, 문 닫고 나가."

하지만 채원은 준형의 말에 아랑곳없이 헤헤거리며 방 안을 돌아다닐 뿐이었다. 준형은 안 그래도 예민한 신경을 긁어 대는 채원을 더는 참기 어려웠다. 침대에서 벌떡 일어나 동생의 뒷덜미를 잡아끌었다. 채원은 끌려 나가지 않으려고 소리를 지르며 버텼지만, 준형을 이길 수는 없었다. 방 밖으로 밀려난 채원이 바닥에서 몸을 들썩거리며 소리쳤다.

"아나나 아나나 아나나!"

채원이 울먹이는 소리가 거실을 울렸다. 엄마가 안방에서 나왔다.

"한준형! 너 정말 이럴래?"

준형은 보란 듯이 방문을 쾅 닫아 버렸다. 늘 동생만 챙기는 엄마, 언젠가부터 자신을 못마땅하게만 보는 엄마. 엄마는 채원이에게만 부드러웠고, 또 채원이와 관련된 일에만 완고했다. 엄마의 입꼬리는 채원이의 작은 행동 하나하나에도 오르락내

리락했다. 준형에게는 보여 준 적 없는 모습이었다. 준형은 채원이 평생 엄마 등에 빨대 꽂고 살까 봐 걱정하는데, 엄마는 그런 준형에게 무심하기만 했다.

　오래전 가족들이 수영장에 놀러 갔던 날이 떠올랐다. 여름 햇살에 수면이 반짝이던 날이었다. 채원이는 윤슬을 따라 손바닥으로 수면을 때렸다. 빛을 머금은 물방울이 사방으로 튀어 흩어졌다. 준형은 저도 모르게 채원이의 행동을 따라 했다. 둘은 수영장 턱에 나란히 앉아 서로에게 물을 튕기며 깔깔댔다. 그러나 채원은 뭐든 한번 시작하면 여간해서 멈추질 않는 아이였다. 준형이 팔이 아파 그만두고 나서도 채원은 끊임없이 오빠를 향해 물을 튕겼다. 짜증이 난 준형이 채원을 밀어 버린 건, 반쯤은 장난이었다. 유아용 풀이라 깊지도 않았다. 하지만 채원이는 바로 일어서지 못하고 물속에서 허우적거렸다. 놀라서 달려온 엄마가 채원이를 물속에서 끌어올렸다.

　"너 이게 뭐 하는 짓이야!"

　엄마는 준형의 등짝을 여러 대 내려쳤다. 등짝도 머릿속도 얼얼했다. 놀란 건 준형도 마찬가지였다. 채원이 그렇게 얕은 풀에서 허우적거릴 줄은 몰랐다. 어디까지 배려해야 하는지 알 수 없는 동생이 원망스러웠다.

　"동생 좀 잘 보고 있으랬더니!"

　"저기서 못 나올 줄 알았냐고! 엄마는 왜 맨날 나만 혼내?

내가 채원이 때문에 얼마나 힘든 줄 알아? 채원이가 울면 엄마는 무조건 나한테 와서 뭘 잘못했냐고 소리 지르잖아. 채원이가 잘못한 건 그냥 넘어가면서 내가 잘못하면 엄청 혼내는 거 알아?"

"준형아, 엄마가 왜 그러는지 정말 몰라? 넌 동생이 어떤 상황인지 알잖아. 네가 이해해야지."

"그러면 난? 난 누구한테 이해받아?"

엄마는 항상 그런 식이었다. 물론 준형도 동생이 특별한 아이라는 건 알았다. 하지만 그렇다고 해서 항상 참고 넘어갈 수는 없었다. 엄마가 걱정하는 건 오로지 채원이뿐, 두 사람 사이에 준형이 비집고 들어갈 틈은 없었다. 자신은 엄마에게 아무것도 인정받지 못하는 사람 같았다.

중학생이 되고 나서 학원 시간에 쫓길 때면 엄마가 가끔 차를 끌고 데리러 왔다. 처음에는 이제 자신에게도 신경을 쓰는 줄 알았다. 아니었다. 엄마는 시간을 제대로 못 맞추기 일쑤였다. 전부 채원이 때문이었다. 그때마다 준형은 엄마에게 짜증 섞인 말들을 마음껏 쏟아 내곤 했다. 엄마에게 화를 낼 때면 설명하기 힘든 이상한 쾌감이 올라왔다. 그간 꾹꾹 눌러 왔던 화를 표출할 기회여서였을까.

"엄마가 그냥 늦었니? 동생 챙기느라 늦은 건데 그게 그렇게 짜증 낼 일이야? 그것도 이해 못 해?"

　엄마는 어떤 상황이든 다 이해해 주는 아들을 원하는 것 같
았다. 그런 말이 사람을 얼마나 짓누르는지 알까. 제 속에 어떤
감정들이 쌓여 왔는지, 엄마는 하나도 모른다.

7

　준형 엄마는 침대에 앉아 눈을 감았다. 구역질이 날 것처럼 속이 메슥거렸다. 화장대 서랍에서 마음을 편하게 해 준다는 환을 몇 알 꺼내 삼켰다. 아무리 생각해도 믿을 수 없는 일들이었다. 아들이 담배에 손을 댄 것도, 아래층 할머니를 저렇게 만든 것도. 피가 마르는 것 같았다. 준형이가 진짜 할머니를 밀기라도 한 걸까?

　아들은 어릴 때부터 제 뜻대로 안 되면 떼를 쓰고 울었다. 운다고 요구를 다 들어주면 안 된다는 걸 알지만, 딸아이를 챙기는 것만으로도 버거웠다. 더구나 시어머니의 손자 사랑은 유별날 정도였다. 딸아이의 자폐가 꼭 자신의 탓인 것 같아 그런 시어머니의 뜻을 거스르기도 힘들었다. 시어머니는 준형이 잘못을 해도 야단을 치는 게 아니라 감쌌고, 원하는 것이 있으면 모조리 들어주었다. 사실 시어머니만 그런 것도 아니었다. 남편도, 자신도 그랬다. 그게 쉽고 빨랐으니까. 온실 속에서 자란 아들이 학교생활에 적응하지 못하면 어쩌나 걱정됐지만 다행히 별문제는 없어 보였다. 성적도 좋았고, 친구들과의 관계도 원만한 것 같아 마음을 놓았다.

하지만 사춘기가 되고 나서부터 준형이의 짜증이 점점 심해졌다. 어쩌다 꾸짖기라도 하면 제 분을 못 이겨 거칠게 노려보다 방문을 쾅 닫아 버리곤 했다. 그 눈빛이 마치 자신을 증오하는 것처럼 보여 가까이 다가가기가 꺼려졌다. 어쩌다 이렇게 됐는지 가슴이 갑갑했다.

돌이켜 보면 채원이에게 신경을 쏟느라 준형이의 말을 거의 귀담아듣지 않았다. 준형이는 채원이랑 다르니까, 혼자 할 수 있으니까, 시어머니도 챙겨 주니까. 그래서 따로 마음을 쓰지 않았다. 그러면 안 됐는데.

준형이를 보면 달팽이 집에 갇힌 작고 연약한 무언가를 볼 때처럼 위태로운 마음이 들었다. 하지만…… 생각이 채원이에게 닿자 가슴이 시렸다. 엄마에게 채원은 찬바람이었고, 옹이 박힌 나무였다.

채원이 자폐라는 사실을 안 것은 두 살이 지나서였다. 사람들과 유난히 눈을 마주치지 않아 이상하다고 느꼈지만 수줍음이 많은가 보다, 생각했을 뿐이었다.

"채원이가 말이 늦네. 걷는 것도 늦고……."

"말이 늦게 트는 애들이 있대."

"그래도 두 살이면 엄마 아빠 정도는 하던데 말이라고는 바바바 소리 말고는 안 하잖아."

"그러니까 당신이 일찍 와서 애랑 좀 더 놀아 줘."

"당신은 엄마가 돼서 애 관련된 일을 왜 다 나한테 미뤄. 다른 엄마들은 직장 다니면서도 잘만 키우던데."

"왜 나만 육아를 더 해야 한다고 생각해? 요즘 아빠들이 애들한테 얼마나 신경 쓰는지 알아?"

"됐다, 그만하자."

대화는 말다툼으로 끝나기 일쑤였다. 마침내 소아 정신과를 찾은 건 더는 문제의 심각성을 외면할 수 없다고 느꼈을 때였다. 병원에서 채원의 모습은 도드라졌다. 시끄럽게 떠들며 펄쩍펄쩍 뛰어다니는 아이들 사이에서 채원은 작은 헝겊 인형을 손에 쥔 채 말없이 앉아 있을 뿐이었다. 엄마는 채원이 검사를 받는 동안 가슴이 쿵쾅거려 구석에서 두 손을 꼭 모으고 있었다. 관찰 공간에서 반응과 행동을 지켜보는 검사까지 마친 후, 엄마는 진료실에 들어가 의사와 마주 앉았다.

"임신 중에 약물 복용하신 게 있나요?"

"주 양육자는 누구인가요?"

"가족 중에 비슷한 증상을 보이는 분이 있나요?"

의사는 여러 가지 질문을 했다.

"무슨 안 좋은 결과라도 있는 걸까요?"

“흔히 자폐증이라고 하죠. 자폐적 발달 장애 소견이 보여요.”

엄마는 기운이 다 빠져나간 듯 망연자실한 표정으로 앉아 있다가 간신히 입을 열어 물었다.

“그럼…… 어떻게 해야 하나요?”

“사실 자폐 스펙트럼 안에서도 아이들의 특성이 정말 다양해요. 어머님이 아이를 제일 잘 아시니까, 잘 관찰하면서 아이에게 맞는 환경을 만들어 주시는 게 중요합니다. 그러다 보면 생각지 못한 재능을 발견할 수도 있고요. 한 가지 덧붙이고 싶은 건 스킨십인데요. 많이 안아 주시고 사랑을 표현해 주시면 아이 발달에 큰 도움이 됩니다.”

의사가 무어라 설명을 더 늘어놓았지만 귀에 들어오지 않았다. 딸아이와 더 많은 시간을 보냈더라면 달랐을까? 병원에 더 빨리 데려왔다면 지금보다 낫지 않았을까? 온갖 생각이 엄마를 괴롭혔다. 스스로가 원망스러워서 견딜 수가 없었다.

그렇게 채원이가 자폐 스펙트럼 장애 진단을 받은 뒤로 암담한 마음에 몸을 추스르기가 힘들었다. 하지만 이러고 있으면 채원이는 누가 돌본단 말인가. 엄마는 딸아이의 그림자 같은 삶을 살기로 결심했다. 채원이가 좋아질 수만 있다면 못 할 일이 없었다. 매일 성당에 나가 채원이를 위해 기도했다. 채원이 말이라도 제대로 할 수 있다면 신의 축복일 거였다. 그러나 기도는 즉각 답을 주지 않았다.

답답한 마음에 유명하다는 철학원에 가서 왜 우리 채원이에게 이런 일이 일어났는지 물어본 적도 있었다.

"채원이는 물에 떠 있는 통나무야. 그런 나무에 불을 지피기란 쉽지 않지. 그래도 그 통나무는 물 위에 떠 있어서 자유롭게 어디든 갈 수 있어. 사람의 눈에는 쓰임새가 없어 보이지만 자연의 이치로 보면 나쁠 게 없다는 거야."

철학관 선생이란 자는 알아들을 수 없는 말만 늘어놓았다. 무엇이든 좋으니 희망적인 이야기를 듣고 싶었다. 참이든 아니든 그건 중요하지 않았다.

삼성동 코엑스에 아이들을 데리고 간 날이었다. 그날따라 사람이 많아 이리저리 치이다 보니 어느 순간 채원이가 보이지 않았다. 순식간에 벌어진 일이었다. 이 넓은 곳에서 아이를 어떻게 찾아야 할지 막막하기만 했다. 안내 방송으로 울리는 채원이 이름을 들으며 사람들 사이를 헤집던 순간, 무서운 생각이 머릿속을 스쳤다. 차라리 이대로 아이를 찾지 못하면 좋겠다. 사람은 얼마나 간사한 존재인지. 그런 생각에 사로잡혔을 때, 거짓말처럼 아이가 눈앞에 나타났다. 채원이는 액세서리 매장 앞에 서서 알록달록한 목걸이에 정신을 팔고 있었다. 아이를 보자마자 어지러운 생각은 연기처럼 사라졌다. 엄마는 채원이를 껴안은 채 그 자리에서 펑펑 울었다.

그날 밤 남편은 이렇게 말했다.

"신이 우리에게 벌을 주나 봐. 눈 맞추기, 웃어 주기, 말 걸기, 이런 것도 제대로 못하는 부모라고. 다 우리 잘못이야."

"그렇게 말하지 마. 채원이는 벌이 아니야."

"여보, 인생을 도화지라고 치잖아? 그럼 채원이는 까만 도화지에서 시작하는 거나 마찬가지야. 우리가 이제 와서 채원이한테 흰 도화지를 만들어 줄 수는 없다고."

"난 그렇게 생각 안 해. 채원이가 원래 까만 도화지라면 흰 크레파스로 그림을 완성하게 해 주면 되잖아."

자폐를 가진 아이들이 흔히 그렇듯 어린 채원이도 하나에 빠지면 그 일을 계속해서 반복하곤 했다. 욕조에 물을 받아 샴푸를 풀어 놓고는 몇 시간이고 거기 앉아 비눗방울을 수백 개씩 만드는 딸을 보며 엄마는 치료사 선생님의 말을 떠올렸다.

"아이를 스펀지라고 생각하세요. 스펀지는 물을 잘 머금는 것 같아도 짜면 다 빠져나가잖아요? 다시 처음으로 돌아가는 것 같아도 괜찮아요. 물을 부으면 또 촉촉해지니까, 계속 물을 부어 주세요. 그렇게 반복해서 배워야 해요."

엄마는 직장도 그만두고 채원이에게 매달렸다. 사람이 할 수 있는 모든 걸 가르치겠다는 각오로.

"채원아, 이게 뭐지?"

채원이에게 사과 그림 카드를 내밀었다. 채원이는 손을 내밀 뿐, 카드에 그려진 그림에는 관심이 없었다.

“채원아, 여길 보고 말을 해 봐.”

“바바바.”

“그래, 이건 사과야. 사, 과.”

엄마의 다정하지만 단호한 목소리에 채원이가 뭔가 말하려
는 듯 입을 열었지만, 알아듣기 어려운 소리만 흘러나왔다.

“사과, 사과, 사과…….”

엄마는 사과라는 단어를 쉼 없이 늘어놓았다. 그런 다음에
는 진짜 사과를 가져와서 말해 주었다. 그렇게 온갖 물건들을
가져다 놓고 목이 터져라 반복했다. 지치는 일이었다. 채원이
의 말문은 좀처럼 트이지 않았다. 인내심이 닳는 만큼 희망은
더 절실해졌다. 엄마는 꿈속에서조차 채원이를 챙겨야 한다는
압박감에 시달렸다. 그러는 사이에 채원이는 어느덧 열네 살
소녀가 되었다.

8

준형 아빠는 입안이 바짝바짝 말랐다. 냉장고에서 생수병을 꺼내 벌컥벌컥 숨도 쉬지 않고 들이켰다. 생수 한 병을 다 비우고 나서야 갈증이 조금 가라앉았다. 차라리 자신이 저지른 일이었다면 속이 덜 탈 것 같았다. 자신은 이미 살 만큼 살았다. 관리하는 건물은 자신이 없어도 잘 굴러갈 테고 월세도 고스란히 통장에 들어올 것이다. 그러나 준형이라면 문제가 다르다. 아직 살아갈 날이 많은 아이다. 무엇보다 어머니가 이 사실을 알게 된다면 길길이 날뛸 게 분명했다.

"이제 어떡해?"

아내가 불안한 목소리로 물었다.

"생각을 좀 해 봐야지."

아내의 한숨 소리가 커졌다. 정말 생각지도 못한 일이라 준형 아빠도 머리가 지끈거렸다.

"잠깐 나갔다 올게."

“어디 가려고.”

“비상계단에 갔다 와야겠어.”

현관을 나와 비상계단으로 가는 동안 심장이 빠르게 뛰었다. 숨을 죽이고 조심조심 발을 디뎠다. 누구든 빨리 할머니를 발견해 주었으면 하는 마음이었다. 아무리 자식이 걸려 있는 일이라 해도 할머니를 저렇게 내버려둔다는 게 견디기 어려웠다. 그렇다고 자신이 신고할 수는 없었다. 망설이다 천천히 계단 아래를 내려다보았다. 할머니는 여전히 그 자리에 있었다. 집에서 나오며 예상은 했으나 막상 할머니가 바닥에 쓰러진 채 방치된 모습을 보니 숨이 막혔다.

준형 아빠는 더 이상 그 자리에 있을 수 없었다. 계단을 다시 오르는데 층계참에 반쯤 태운 담배꽁초가 떨어져 있는 게 보였다. 순간 뭐라 설명할 수 없는 직감에 얼른 담배꽁초를 집어 호주머니에 넣었다. 필터 부분에 희미한 이빨 자국이 남아 있었다. 준형이 것이라는 확신이 들었다. 만약 누군가 할머니를 발견해 신고를 하면, 그래서 경찰이 오기라도 하면 뭔가 단서를 찾으려고 할 게 분명했다. DNA나 지문 감식 결과로 준형이 용의자가 될지도 모른다고 생각하니 끔찍했다.

서둘러 집 안으로 되돌아오자 아내가 핏기 없는 얼굴로 준형 아빠를 바라보았다.

“준형이가 겁을 많이 먹은 것 같아.”

"당연하지. 지금 얼마나 무섭겠어. 이 상황이 끔찍할 거야. 그러니까 너무 몰아붙이지 마."

"차라리 준형이가 자수하겠다고 했으면 좋겠어. 애 태도가 너무 이상하잖아. 이게 다 당신 탓이야. 내가 담배 끊으라 했지. 뻑 하면 아빠가 담배 들고 나가는데, 어릴 때부터 그걸 보고 자란 애가 호기심이 안 생기겠냐고. 남자애면 당신이 좀 알아서 따끔하게 혼도 내고 야단도 치고 했어야지."

"또 내 탓이야! 당신은 진짜 무슨 일만 있으면 다 내 탓으로 몰아."

"아들 버릇 좀 가르치라 하면 그렇게 귀찮아하고, 때 되면 다 철든다는 말만 하더니. 내가 이런 날이 올 줄 알았어."

"그러는 당신은 이렇게 될 때까지 뭐 했어?"

"당신 지금 나한테 그런 말 할 자격 있어? 당신 가족들 무조건 준형이 편만 들잖아. 채원이하고 난 이 집에서 열외 인간이야."

화가 치밀어 오르는 듯 아내의 목소리가 커졌다.

"또, 또 말도 안 되는 소리 한다."

준형 아빠는 가슴이 답답했다. 예민해진 아내가 하는 소리에 더 이상 대꾸할 힘도 없었다. 그저 한숨만 나왔다.

9

[서울 경찰청] 서초구 주민 황진숙 씨(여, 73세)를 찾습니다

160cm, 59kg

분홍색 재킷, 회색 운동 바지, 흰색 운동화

☎ 112

'혹시 할머니를 찾는 가족의 문자일까?'

준형은 실종 경보 문자를 보며 황진숙이라는 사람이 아래층 할머니일지도 모른다는 생각을 했다. 문자를 보고 나서부터 머릿속이 팽팽하게 부풀어 오르는 것 같아 견딜 수가 없었다. 그래서 다시 컴퓨터 앞에 앉았다. 하지만 게임이 시작되자마자 깨달았다. 지금은 아무것도 제대로 할 수 없는 상태라는 걸. 키보드를 누르는 손가락이 뻣뻣하게 굳어서 게임 속 캐릭터가 자꾸 엉뚱한 방향으로 움직였다. 딴생각을 하다 보니 적이 눈앞에 나타난 것도 몇 초 뒤에야 알아차렸다. 얼른 마우스를 움

직여 총을 쐈지만 모조리 빗나갔다. 총에 맞아 쓰러진 건 준형의 캐릭터였다.

"왜 이래……."

준형은 마우스에서 손을 뗐다. 게임에도 집중할 수 없었다. 허무하게 끝난 게임이 현실 같았고, 지금 자신이 맞닥뜨린 현실이야말로 게임 같았다. 아니, 게임이기를 바랐다. 그래서 게임 오버가 되어도 다시 새 게임을 시작할 수 있게.

의식은 계속 아래층 할머니가 쓰러져 있는 비상계단으로 향했다. 너무 짧은 시간에 일어난 일이라 죄라는 생각도 들지 않았다. 죄책감보다는 어이없다는 생각, 억울하다는 생각이 먼저 들었다. 우연이었던 게 분명하다. 할머니가 협박만 안 했어도 아무 일 없었을 텐데. 이 모든 게 아래층 할머니의 탓처럼 느껴졌다.

이런 기분은 처음이었다. 준형은 사리 분별할 줄 아는 나이가 되고부터 자신이 이 집안에서 아주 중요한 사람이라는 사실을 깨달았다. 어려서부터 비싸고 좋은 장난감은 모두 제 차지였고 마치 동화 속 왕자님처럼 모두가 자신을 떠받들었다. 태어나면서부터 삶이 정해지는 행운을 얻었다고 생각했다. 뭐든지 적당히만 하면 됐다. 나쁘지 않은 성적, 무난한 친구 관계만 유지하면 문제 될 게 없었다. 죽어라 공부할 필요도, 친구들의 눈치를 볼 필요도 없었다. 그래서 늘 용돈이 부족해 쩔쩔매는 현서를 보면 연민이 들었고, 그런 친구를 위해 돈을 내 주는 기분도 나쁘지 않았다. 부암동 할머니는 준형을 볼 때마다 이렇게 말하곤 했다.

"네 동생 채원이 말이다. 참 이쁜 아인데 사람 구실 제대로 못 하는 거 보면 내 속이 뒤집힐 때가 한두 번이 아니야. 동생 때문에 힘들지? 할미가 네 맘 안다. 준형아, 공부한다고 아등바등하지 마라. 그저 네가 할 수 있는 만큼만 해. 이 할머니가 네 몫은 다 준비해 두었다. 네 애비가 관리하는 건물들도 결국 네 것이 될 텐데 뭐가 걱정이니? 넌 다른 애들과 달라."

준형은 말없이 고개를 끄덕였다. 세상 사람들이 다 등을 돌려도 할머니만은 그대로일 것 같았다. 하지만 부담 갖지 말라는 말은 오히려 더 잘해야 한다는 부담감으로 다가왔다.

10

"지금이라도 신고해야 하지 않을까?"

준형 엄마는 남편을 보며 말했다.

"아니, 지금은 가만히 있는 게 최선이야."

"채원이만으로도 버거운데 준형이까지 문제가 된다면……
끔찍해."

"그러니까 마음 단단히 먹어."

"여보, 그래도 이건 아닌 거 같아. 준형이가 자수할 마음을
먹게 설득해야 해."

"무슨 소리야. 준형이는 지금 자기가 뭘 했는지 제대로 된
기억도 없어. 무작정 신고했다가 잘못한 것도 없는데 다 뒤집
어쓰면 어떡할 거야?"

"그럼 어떡하자고. 이대로 가만있다가 준형이가 뭘 진짜 잘
못한 거면 그땐 어떡할 건데!"

"일단 비상계단인 게 우리를 살렸어. 거긴 CCTV가 없잖아."

“CCTV가 없어도. 할머니가 깨어나서 준형이 잘못이라고 하면 어떡할래.”

“솔직히 말해서 아래층 할머니도 잘한 거 없어. 평소에 발소리만 좀 나도 득달같이 올라와서 항의했잖아. 그뿐이야? 매번 경비실에 항의 넣어서 우리를 얼마나 피곤하게 했어. 그러니까 준형이도 감정이 쌓였던 거고. 그런 일이 없었다면 깍듯하게 예의 지켰을 애라고.”

“그래서 당신은 지금 준형이가 잘했다는 거야? 뭐가 옳은 건지 이제 판단조차 안 돼?”

“당신, 행여나 딴마음 먹지 마. 누가 신고할 거야. 그때까지만 기다려 보자고. 그리고 일단 부암동에는 알리지 마. 어머니 혈압도 높으신데 알아 봤자 충격만 받아. 준형이한테 실망하실 거야.”

“당신 그걸 말이라고 해? 지금 어머님이 실망하고 말고의 문제가 아니라고. 저러다 할머니가 돌아가시기라도 하면 어떡해.”

“그게 왜 안 중요해? 우리가 이만큼 먹고사는 게 다 어머니 덕분인데. 나 하나 실망 줬으면 됐어. 못난 아들이라 어머니 건물 관리나 하고 있잖아. 근데 준형이까지 이런 일에 휘말려서 욕먹게 하고 싶지 않아. 할머니는 누가 곧 발견할 거야. 아파트 안이고, 이제 퇴근 시간이잖아.”

듣고 보니 틀린 말은 아니었다. 시어머니가 알게 되면 불똥

이 자신에게 튈 게 뻔했고, 그 비난을 들을 자신도 없었다. 속에서 두 갈래 불길이 타올라 잡히질 않았다.

"그래도, 그래도 신고하는 게 좋을 것 같아."

준형 엄마가 쥐어짠 듯 억눌린 목소리로 말했다.

"당신 진짜 왜 그래? 준형이 자수시킨다고 해서 당신 마음이 편할 것 같아? 우린 지금 아무것도 몰라. 신고하면 뭐가 해결돼? 사람들이 자식 잘못 키웠다고 손가락질할 건 불 보듯 뻔해. 이 동네가 보통 동네야? 소문 잘못 나면 평생 꼬리표 붙을 텐데, 그럼 앞으로 어떻게 살 건데? 이사 갈 자신 있어?"

그때 주방에서 쨍그랑, 하는 파열음이 들렸다.

"아, 깜짝이야!"

놀란 준형 엄마가 소파에서 벌떡 일어났다. 전기 모기 채를 든 채원이가 주방에서 걸어 나왔다. 엄마는 주방으로 들어가 깨진 접시를 보고 한숨을 내쉬었다. 채원이는 요즘 전기 모기 채에 빠져 있었다. 모기가 잡히든 안 잡히든 모기 채를 허공에 대고 휘두르는 데 재미를 느끼는 듯했다.

"너 발 안 다쳤어? 어휴, 정말 내가 미치겠다."

"슬리퍼 신고 있잖아. 그만 짜증 내."

준형 아빠가 바닥에 흩어진 파편을 치우며 엄마를 달랬다. 채원이는 그사이 베란다로 나가 모기 채를 휘둘렀다. 탁탁대는 모기 채 소리에 머리가 터질 것 같았다.

"채원아, 모기 없으니까 그만해."

채원이는 멈출 기미 없이 계속 모기 채를 휘둘렀다.

"그만하라고!"

결국 엄마는 참지 못하고 채원에게서 전기 모기 채를 빼앗아 던져 버렸다. 모기 채를 움켜쥐려는 건지 채원이가 바닥에 엎드렸다. 엄마가 채원이의 팔을 붙잡았다. 그러나 포기란 없다. 채원이는 맹렬히 몸부림쳤다. 엄마는 그런 채원이를 두 팔로 꼭 안으며 흥분을 가라앉히려 애썼다.

이런 일들을 옆에서 지켜본 시어머니는 준형이를 위해서라도 채원이를 시설에 보내자고 채근했다. 한때는 시어머니 말대로 채원이를 시설에 보내는 게 나을지 심각하게 고민했었다. 그룹 홈에 보내려고도 해 봤지만, 차마 그럴 수 없었다. 채원이에게 가장 익숙한 곳은 집이다. 낯선 곳에 가면 더 퇴행할지도 몰랐다. 나머지 가족들 편하자고 채원이를 먼 곳으로 보낼 수는 없었다.

채원이를 방에 들여보낸 뒤 준형 엄마는 소파 위에 털썩 주저앉았다. 준형 아빠가 물 한 잔을 따라 왔다.

"이제 저녁 먹어야지."

"이 와중에 밥이 넘어가?"

"애들은 먹여야지. 나가서 먹자."

"나가서? 지금?"

“뭐 차릴 힘도 없잖아. 시켜 먹기도 그렇고. 나가자.”
준형 엄마는 기가 막히다는 듯 남편을 바라보다가, 힘없이 고개를 끄덕였다.

11

식당 안은 북적였다. 접시가 부딪치는 소리, 직원이 주문을 받는 소리, 여기저기서 들려오는 대화 소리로 왁자지껄했다. 저녁 식사는 핑계였다. 준형 아빠는 만에 하나 일이 커질 경우 알리바이를 대기 위해 가족들을 데리고 나온 거였다. 그러나 겉으로는 아무런 내색도 하지 않았다.

가족 모두가 외식하러 나온 건 아주 오랜만이었다. 준형의 가족은 창가에 앉았다. 엄마와 아빠가 메뉴판을 넘기는 동안 준형은 무심히 핸드폰을 만지작거렸다. 그사이 채원이는 조용히 주변을 둘러봤다.

채원의 눈길이 멈춘 곳은 바로 옆 테이블에 앉아 있는 여자아이였다. 채원이 또래인 듯한 그 여자애는 긴 머리카락을 어깨 위로 늘어뜨리고 있었다. 채원이 자리에서 일어나 천천히 옆 테이블에 다가갔다. 채원의 코끝이 움찔거렸다. 테이블이 가까워질수록 샴푸 냄새가 더 짙어졌다. 채원은 손을 뻗어 여자애의 머리카락 한 줌을 낚아채 제 코에 가져다 댔다. 깜짝 놀란 여자애가 뒤를 돌아보고 꺄아악 비명을 질렀다. 채원은 비명 소리에도 머리카락을 놓아 줄 기미가 없었다. 채원을 이끈 건 아마 향기였을 것이다. 채원은 종종 특정한 향에 꽂혀 저도 모르게 쫓는 버릇이 있었다.

"야! 너 뭐야! 미쳤어. 그 손 못 놔!"

여자애의 부모가 고함을 질렀다. 식당은 순식간에 아수라장이 되었다.

"채원아, 그러면 안 돼!"

엄마 아빠는 채원이가 움켜쥔 머리카락을 놓게 하려고 안간힘을 썼고, 여자애는 겁에 질린 얼굴로 몸부림쳤다. 준형은 창피한 마음에 고개를 숙였는데 어디선가 시선이 느껴졌다. 고개를 들자 건너편 테이블에서 이 광경을 물끄러미 보는 아이가 있었다. 같은 반 서은아였다. 서은아와 눈이 마주치자마자 준형은 눈길을 피해 버렸다. 테이블 밑으로 기어들어 가 숨고 싶은 심정이었다. 그사이 엄마와 아빠가 채원이를 그 여자애에게서 간신히 떼어 놓았다.

식당 직원은 당황한 얼굴로 우왕좌왕했고, 여자애의 부모는 불쾌한 기색을 감추지 못했다. 엄마와 아빠는 고개 숙여 사과했다. 그들 가족의 음식값을 내 주기까지 했다. 부모님이 일을 수습하는 동안에도 채원이는 잔향을 맡는 듯 손끝을 코에 대고 쿵쿵거렸다. 준형은 재빨리 채원을 잡아끌어 의자에 앉혔다. 수십 개의 눈이 자신들을 향해 있었다. 특히 맞은편 테이블에 앉은 서은아가 계속 신경 쓰였다. 서은아는 세상 처음 보는 광경이라는 듯 눈을 떼지 못했다. 준형은 저도 모르게 고개를 폭 숙였다. 가장 숨기고 싶은 순간을 들키고 말았다.

얼마 지나지 않아 샤브샤브가 나왔지만 전혀 먹고 싶지 않았다. 가족 모두가 아래층 할머니 사건 때문에 경황이 없어 채원이 챙기는 걸 잊었다. 아직도 식당 안의 손님들은 채원이를 힐끗거리며 수군대고 있었다. 동물원 우리 안에 있는 원숭이라도 된 것 같았다. 준형은 쉽사리 마음을 가라앉히지 못했다. 이제는 익숙한 일이었고, 지금껏 그래 왔듯 지나갈 일이었다. 하지만 준형은 조금 전 서은아의 시선이 자신의 몸에 박제된 것만 같았다. 하기야 지금은 그런 걸 걱정할 때가 아니었다. 훨씬 더 큰 문제가 제 앞에 놓여 있었다.

저녁 식사를 마치고 집으로 돌아온 준형 엄마는 조용히 생각에 잠겼다. 준형이가 식당을 나오며 한 말들이 아직도 귀에 쟁쟁했다.

"엄마는 왜 저런 애를 낳았어? 이럴 때마다 미치겠다고! 진짜 채원이 없었으면 좋겠어."

"다른 사람도 아니고 네가 어떻게 그런 말을 할 수 있어?"

“엄만 지금까지 한 번이라도 내 편 들어 준 적 있어? 언제나 채원이 편이지.”

“이제 너도 열여섯이야. 이해할 때가 됐잖아.”

“엄마가 나라고 한번 생각해 봐. 아래층 할머니가 왜 나만 보면 못 잡아먹어서 안달했는데! 다 채원이가 낸 소린데 내 탓이라고 여겼어. 채원이가 아니라 나를 못마땅해했다고!”

“네가 잘못한 일에 왜 애먼 핑계를 대? 네가 지금 힘든 건 알겠는데 그걸 채원이 탓으로 돌리면 안 되잖아.”

채원이의 돌발 행동 때문에 겪어야 하는 크고 작은 당혹감을 준형은 받아들이지 못했다. 어쩌면 그건 엄마인 자신만이 감당할 수 있는 몫인지도 모른다. 채원은 세상과의 소통 방식이 달랐다. 엄마는 그걸 이해시키고 싶었지만 준형의 반응은 차갑기만 했다. 준형이 채원이를 미워하는 듯한 말을 할 때면 마음이 천 갈래로 찢어지는 것 같았다. 왜 항상 동생만 챙기느냐는 준형의 말에 뜨끔하지 않은 건 아니었다. 준형에게 바란 건 단지 동생을 따뜻하게 보살피는 오빠가 되는 것이었으니까.

“준형아, 힘들수록 가족 모두가 서로 도와야 하잖아.”

이런 말들이 준형의 가슴을 멍들게 했겠지. 그러나 자신도 그동안 절벽에 매달린 심정으로 살았다. 어쩌면 자신이 감당해야 할 짐이 너무 무거워 준형의 마음을 외면했는지도 모른다. 그사이 준형은 다른 세상으로 가 버렸다.

그렇다고 아래층 할머니 사건을 이대로 묻고 가는 건 결코
자식을 위하는 일이 아니었다. 그 생각만큼은 변함이 없었다.

12

집 안은 숨 막힐 듯한 긴장감으로 가득 차 있었다. 엄마는 거실 테이블에 놓인 잡동사니들을 반복적으로 만지작거렸다. 아빠는 소파에 앉아 고개를 뒤로 젖힌 채 눈을 감고 있었다. 채원이는 핸드폰을 손에 들고 거실을 서성거렸다. 준형은 고개를 푹 숙인 채 바닥에 주저앉아 있었다. 누구 하나 입을 열면 뭔가 터져 버릴 것만 같은 분위기였다.

"조용한 걸 보니 할머니가 아직 발견이 안 된 것 같아. 불안해 미치겠어."

엄마는 초조한 기색이었다.

"아무래도 이건 숨길 일이 아니야. 준형이 넌 어떻게 생각하니?"

준형은 느닷없는 엄마의 질문에 머릿속이 헝클어졌다.

"엄마…… 난 소년원 같은 데 가고 싶지 않아. 단 한 번도 할머니를 해치려고 한 적 없어. 진짜 뭐가 뭔지 모르겠다고."

준형이 겁먹은 표정으로 말했다.

"준형아. 아빠가 있는 한 그런 곳에 갈 일은 없어. 그러니까 마음 단단히 먹어."

아빠는 소파에서 몸을 바로 세우며 말했다.

"준형아, 엄마 생각은 달라. 너만 괜찮다면 빨리 신고하고 솔직하게 말하는 게 더 나을 수도 있어. 벌 받을 게 있으면 받고……."

"벌을 받다니, 당신 제정신이야? 소년원 가면 준형이 인생만이 아니라 우리 가족 다 끝장이라고!"

"이대로 있는 것도 위험하다고 내가 계속 말했잖아!"

준형 아빠는 한숨을 쉬며 손으로 이마를 문질렀다.

"준형이가 단순히 자수한다고 해서 끝날 일이 아니야. 경찰한테 뭐라고 할 건데? 아무것도 기억 안 난다고? 할머니가 혼자 떨어져서 혼수상태가 됐다고? 그걸 믿겠어? 세상 사람들이 준형이를 괴물로 몰아갈 거라고!"

"그래서 두 눈 질끈 감자고? 우리가 지금 준형이를 괴물로 만들고 있는 거 아니야? 은폐한다고 잘못이 없어져?"

"은폐가 아니라 보호야!"

아빠가 자리에서 벌떡 일어나며 소리쳤다.

"난 우리 아들을 지키겠다는 거야. 준형이 인생이 끝장나게 둘 수는 없어. 당신도 엄마라면 그걸 이해해야지!"

엄마는 고개를 저었다.

"엄마니까 그래. 이대로 덮으면 준형이는 평생 잘못된 상태로 살게 될 거야. 지금은 당신이 보호한다고 생각하겠지만 결국엔 우리가 준형이를 망치는 거라고."

"지금 감상적인 얘기를 할 때가 아냐. 이런 일로 준형이한테 범죄자 낙인이 찍히면 안 돼. 당신이 원하든 원하지 않든 이 일은 여기서 끝내야 해."

아빠가 고압적인 목소리로 말했다.

"아빠, 제가 앞으로 어떻게 해야 돼요. 솔직히 저도 잘 모르겠어요."

준형이 울먹거리며 말했고, 그 말을 들은 엄마도 울음을 터뜨렸다.

"준형아, 엄마는 널 위해서라도……."

그때였다. 불현듯 사이렌 소리가 들렸다. 먼 데서 들려오는 듯 희미하던 소리는 시간이 지날수록 점점 선명해졌다. 다들 말을 멈추고 숨죽인 채 사이렌 소리에 귀를 기울였다. 침묵이 집 안 공기를 무겁게 짓눌렀다. 거실 안을 뱅뱅 돌던 채원이가 갑자기 베란다로 갔다. 베란다 문이 열리자 사이렌 소리가 훨씬 더 크게 쏟아져 들어왔다.

"아나나 아나나 아나나!"

채원은 베란다 창에 달라붙어 아래를 내려다보았다. 붉은 불빛이 어둠을 가르고 있었다. 가족들이 하나둘 채원을 따라 베란다로 나갔다. 사이렌 소리는 어느새 그쳤지만 붉은 불빛은 계속 번쩍이고 있었다. 잠시 후 구급 대원들이 아파트 안에서 들것을 들고 나왔다. 준형은 순간 눈을 감아 버렸다. 할머니가 금방이라도 들것에서 일어나 소리칠 것 같았다.

13

다음 날, 준형은 아무 일도 없던 것처럼 학교에 갔다. 평소처럼 수업을 듣고, 점심도 먹었다. 수업이 끝난 뒤에는 현서와 만화 카페에 갔다. 몇몇 애들이 이미 자리 잡고 만화책을 보고 있었다.

"여기 앉자."

준형이 구석 소파 자리를 가리켰다. 현서가 소파 위로 가방을 던졌다.

"넌 뭐 볼 거야?"

현서가 서가를 뒤적이며 물었다.

"그냥 대충 인기 많은 거."

현서는 금세 만화책을 골라 자리로 돌아왔다. 준형은 별생각 없이 베스트 코너에서 한 권을 뽑았다. '추락'이라는 제목의 만화책이었다.

주인공은 한 고등학생이었다. 그는 비 오는 날 우연히 어떤 사건을 목격한다. 건물 외벽에 달린 철제 계단에서 두 사람이 몸싸움을 벌이다 한 명이 아래로 떨어진 것이다. 그런데 그 장면을 멀리서 본 또 다른 목격자가 있다. 수사는 그 목격자의 증언을 토대로 점점 한쪽으로 기우는데, 주인공은 자신이 아는 다른 진실을 말할지 말지 갈등한다. 준형은 만화책을 보는 내내 마음이 불편했다. 결국 중간까지 보다 책을 덮었다.

"재미없냐?"

현서가 물었다.

"······아니."

준형은 태연한 척하며 책을 내려놓았다. 왜 하필 이걸 골랐을까? 이야기가 자신의 상황과 겹쳐 보이는 건 기분 탓일까? 준형이 고개를 돌려 현서를 바라봤다.

"그만 보고 집에 가자."

"야, 들어온 지 한 시간도 안 됐어! 그렇게 재미없었냐?"

"그냥······ 내 취향이 아냐."

준형이 중얼거렸다. 현서는 준형이 내려놓은 만화책 표지를 흘긋 쳐다봤다.

"너 이런 거 좋아했잖아."

"지금은 아냐."

에어컨이 돌아가고 있는데도 이마에서 난 땀이 뺨을 타고 흘러내렸다. 가슴이 답답해서 실내에 있기가 힘들었다. 현서가 준형의 얼굴을 이리저리 살폈다.

"너 어디 아픈 거 아냐?"

"아니, 아무래도 더위 먹은 것 같아."

"그래, 집에 가자. 너 오늘 상태 안 좋네."

그러면서 현서는 가방을 대신 들어 줄지 물었다. 준형은 고개를 저었다. 현서는 평소에는 무뚝뚝해도 세심한 구석이 있는 친구다. 둘은 만화 카페를 나와 헤어졌다.

현서가 준형과 친해진 건 중학교 입학 후에 열린 축제에서였다. 축제에 복면가왕 행사가 있었다. 참가자들이 가면을 쓰고 노래를 부르면 아이들이 순위 투표를 하는 거였다. 2인 이상 팀을 이루어야 했는데 준형이 먼저 함께하자고 제안했다. 현서도 참여하고 싶었지만 마땅한 친구를 찾지 못한 상태였다. 둘은 죽이 잘 맞아 노래를 연습하고 가면을 만들면서 자연스럽게 친해졌다. 그러다 부모님이 연 편의점이 준형이 사는 아파트 단지 상가에 있다는 사실을 알게 되었다. 현서는 수업이 끝나면 종종 편의점에 들러 일을 돕곤 했는데, 하교까지 같이 하게 되면서 둘은 더 가까워졌다.

준형과 친해질수록 현서는 자신이 준형과 다른 세상에 살고 있다는 사실을 깨달았다. 이를테면 현서는 햄버거를 좋아해도 용돈이 얼마나 남아 있는지 생각하지 않고 마음껏 사 먹을 수는 없있나. 순형은 달랐다. 마음만 먹으면 가장 비싼 세트도 거리낌 없이 사 먹는 걸 넘어 반 전체에 돌릴 수도 있었다. 중학교에 입학할 때는 고모랑 할머니로부터 명품 운동화와 패딩을 선물 받았다고 했다. 매장에 들어가는 데만 세 시간 웨이팅을 해야 한다는 브랜드였다. 준형은 브랜드 마크가 팔에 새겨진 패딩을 교복처럼 아무렇게나 입고 다녔다. 그런 옷을 입고 오는 날이면 친구들이 삼삼오오 준형에게 몰려들었다.

"야, 이거 한정판 아니냐?"

"실제로 보니까 죽인다. 와, 미친."

한번은 이런 일도 있었다. 수업이 끝나고 학원에 가는 길이었다.

"야, 나 오늘 학원 끝나고 헬스장 갈 건데 같이 갈래?"

준형이 물었다. 현서는 헬스장이라는 말에 잠시 망설였다. 준형이 사는 아파트에는 헬스장이 있어서 종종 거기서 운동을 한다는 이야기를 들었다. 하지만 오늘은 곧장 편의점에 가서 일을 거들어야 했다. 더구나 아파트 입주민이 아닌 자신이 하루라도 헬스장을 이용하려면 돈을 내야 할 텐데, 이번 달 용돈은 이미 바닥이었다.

"난 오늘 약속이 있어서. 먼저 갈게."

현서는 거짓말을 하고 발걸음을 돌렸다.

준형과 시간을 보낼수록 현서는 자신의 형편을 돌아보게 되었다. 엄마 아빠가 편의점을 한다는 것, 그 편의점이 준형이 사는 아파트 단지 안에 있다는 것, 자신은 무엇 하나 내세울 게 없다는 것, 그런데도 준형과 뜻하지 않게 친구로 엮였다는 것.

준형이 초고가 로드 바이크를 끌고 나오던 날, 현서도 자전거를 타고 학교로 향했다. 준형이 새 자전거가 생겼다며 넘겨준 자전거였다. 덕분에 삐걱대는 제 낡은 자전거 대신 거의 새것이나 다름없는 자전거를 탈 수 있었다. 얼마 안 탄 듯 말끔한 데다 비싼 자전거인 것 같아 현서는 진짜로 주는 거냐고 몇 번이나 되물었었다. 교문 앞에 다다랐을 때 누군가 제 이름을 불러서 뒤돌아보니 자전거를 탄 준형이 손을 흔들고 있었다. 크고 매끈한 프레임, 고급스러운 가죽 안장, 반짝이는 크롬 장식. 얼핏 보기에도 제게 준 것보다 훨씬 비쌀 것 같은 새 자전거였다.

"어때?"

준형이 현서 앞에 멈춰 서며 말했다. 현서는 준형을 바라봤다. 묘한 감정이 올라왔다. 준형이는 정말 필요 없어진 자전거를 내게 준 걸까, 아니면 새 자전거를 사기 위해 내게 버린 걸까?

"와, 비싼 자전거는 다르긴 하다."

현서가 웃으며 말했다. 하지만 그 목소리는 그리 가볍지 않았다.

그날 이후 준형이 준 자전거를 타기가 싫어졌다. 아빠는 친구 잘 둬서 자전거가 생겼다고 좋아했지만 현서의 마음은 달랐다. 잠을 자려고 누워도 눈앞에 준형의 새 자전거가 아른거렸다. 심지어 준형의 자전거를 훔쳐 타는 꿈을 꿀 정도였다. 그만큼 그 자전거가 갖고 싶었다.

현서는 충동적으로 준형이가 산 자전거의 매장을 찾아가 봤다. 백화점에만 입점해 있는 고급 브랜드였다. 자전거 가격은 믿을 수 없을 정도로 비쌌다. 이제껏 자신이 저금해 둔 돈으로는 어림도 없었다. 매출이 떨어져서 힘들어하는 부모님에게는 차마 말도 꺼낼 수 없었다. 알바도 없이 두 분이 매일 열두 시간씩 교대로 일하며 수백 가지의 물품을 관리하느라 오히려 현서가 이런저런 일들을 돕고 있는 처지였다. 더욱이 엄마는 사람은 다 제 형편껏 돈을 써야 한다는 말을 자주 했다.

준형이네 집에 놀러 갔다 온 날에도 그랬다. 현서는 넓고 환한 거실과 고급 레스토랑 같은 주방에 놀랐다. 준형이네 아파트 진짜 좋다고, 로또 당첨되면 우리도 거기로 이사 가자고 말하자 엄마는 부러워하는 기색 없이 말했다.

"그런 집에 살면 좋지. 그래도 엄마는 다른 건 말고 우리 아들이 명품이면 좋겠어."

"사람도 명품이 있어?"

"당연히 있지. 책임감, 도덕성, 정직하고 성실한 태도. 이런 걸 갖추고 살기가 얼마나 어려운데. 엄마는 네가 그런 사람이 되면 좋겠어."

엄마가 교과서에나 나올 법한 이야기로 현서의 입을 막았다. 현서는 늘 부지런히 일하는 부모님을 존경했지만, 할 수만 있다면 준형이처럼 살고 싶었다.

그런 준형에게도 남모를 면이 있다는 걸 알게 된 건 순전히 우연이었다. 여느 날과 다름없이 준형이 집에 놀러 가 소파 위로 가방을 던지는데 누군가 방에서 나왔다. 또래 여자애였다. 준형이는 한 번도 누나나 여동생이 있다고 말하지 않았는데 누굴까, 생각할 때였다.

"움, 움, 움."

여자애가 알아들을 수 없는 소리를 반복했다.

"내 동생 채원이야. 장애가 있어서 말을 잘 못해."

준형이는 당황한 눈치였지만 담담하게 말했다.

"아, 그래."

현서는 아무렇지 않은 듯 대꾸했다. 둘이 방으로 들어간 뒤에도 채원이 내는 소리는 멈추지 않았다. 방문을 열면 채원이 허공에 손을 내밀거나 같은 동작을 반복하는 모습이 보였다.

"내 동생 자폐거든. 너는 처음이니까 좀 이상해 보일 거야."

준형의 목소리에 힘이 없었다. 현서는 이제껏 보지 못한 준형의 다른 얼굴을 본 느낌이었다. 학교에서 준형은 뭐든 잘하는, 부족함이 없는 친구였다. 항상 당당하다 못해 때로는 오만한 사람처럼 보였다. 현서는 이상한 감정을 느꼈다. 마음 한쪽에 박혀 있던 가시가 빠져나간 듯한 기분이었다. 남들이 다 부러워하는 준형에게도 숨기고 싶은 게 있었다.

"잠깐만. 마실 것 좀 가져올게."

준형이 음료수를 가지러 나간 사이 열린 방문으로 채원이 들어왔다.

"어, 안녕."

현서는 자신도 모르게 채원에게 인사했다. 채원이 조심스레 다가오더니 현서의 팔을 잡아끌었다. 현서는 이 상황이 낯설었지만 못 이기는 척 채원에게 이끌려 거실로 나갔다.

"채원아, 그 손 놔!"

주방에서 음료수를 들고 나오던 준형이 둘을 보고 소리쳤다.

"준형아, 나 괜찮아."

채원은 거실에서 종종거리고 있던 둘리에게로 현서의 손을 가져갔다. 현서는 조금 당황했지만 이내 둘리를 부드럽게 쓰다듬었다. 둘리가 꼬리를 흔들었다.

"이렇게 하라는 거지?"

채원은 대꾸하지 않았지만 만족한 듯 보였다. 그러더니 이번에는 현서의 손을 잡아 자신의 볼에 갖다 댔다. 준형이 서둘러 채원의 손을 잡아챘다.

“아, 미안해. 얘가 감촉을 느끼는 걸 좋아해서 그래. 그, 기분 나빴으면 미안.”

채원은 준형의 방해에 흥미를 잃은 듯 자리에서 일어나 방으로 들어갔다.

“야, 괜찮아. 뭘 그렇게 놀라.”

“너…… 진짜 괜찮은 거지? 기분 안 나쁜 거지?”

“좀 놀라긴 했다. 여자한테 처음으로 손 잡혀 봐서.”

현서가 실없는 농담을 했다. 준형에게 드리워진 그늘이 처음으로 느껴지던 날이었다. 그날 이후 현서는 준형을 겉모습으로만 판단했던 자신을 조금씩 돌아보기 시작했다.

14

　준형이 아파트 입구로 들어서는데 사람들이 모여 수군거리고 있었다.

"이게 무슨 일이래. 사람 일 정말 모른다니까."

"하필이면 비상계단에서 쓰러지실 게 뭐야."

"계단에서 떨어지면서 머리를 많이 다치셨다나 봐."

"아휴, 어쩌다 그랬대."

"의식 불명이라고 하던데. 언제 깨어나실지 모른대. 상태가 많이 안 좋은가 봐."

　준형은 서둘러 엘리베이터에 올라탔다. 현관문을 열고 집 안으로 들어오자 소파에 앉아 바닥만 내려다보고 있는 엄마가 보였다. 옆에 서 있던 아빠가 인기척에 준형을 힐끗 돌아보았다.

"왔니?"

"엄마."

준형의 목소리가 떨렸다.

"방금 들었는데 아래층 할머니, 의식이 없으시대."

"그래도 누가 발견해서 다행이야."

엄마가 힘없이 말했다. 잔뜩 가라앉은 목소리였다. 아빠는 그런 엄마를 바라보며 입을 열었다.

"경찰 조사가 빨리 나올 수도 있겠어. 준형이 너도 힘들겠지만 너무 겁먹지 말고 침착하게 굴어. 의심받을 행동은 하지 말고. 가끔은 진실보다 침묵이 너를 지켜 줄 때가 있어."

참으로 이상한 일이었다. 아빠의 말 한마디에 두려움을 떨칠 수 있을 것 같았다.

그날 밤 준형은 현서에게 카톡을 보냈다.

우리 아래층 할머니 쓰러지셨어. 의식 불명이래.

진짜? 며칠 전에 엘리베이터에서 봤던 그 할머니?

맞아.

헉, 진짜? 뭔 일이래?

나도 몰라…… 문제는 그 할머니가
우리 아래층이라는 거야.
골치 아픈 일이 생길 수도 있어.

골치 아픈 일?

비상계단에 쓰러져 있다가 실려 가셨거든.
우리 집이랑도 가까우니까 경찰이 올지도 모른대.
아무튼 그날 너도 우리 집에 있었잖아.
괜히 문제 생기면 안 되니까 조심하라고.

문제 생길 게 뭐 있어.
근데 왜 하필 비상계단이냐, 음침하게.

그러게.

문득 이런 내용으로 카톡을 하는 게 잘하는 짓인가 하는 생
각이 들었다. 준형은 현서와 주고받은 카톡을 전부 삭제했다.

15

늦은 밤, 아빠가 준형의 방으로 건너왔다. 아빠는 의자에 앉아 준형을 마주 보았다. 뭔가 각오를 단단히 다진 사람처럼 보였다.

"준형아, 혹시 모르니까 경찰이 올 때를 대비해서 아빠랑 심문 연습 한번 해 보자. 형사가 던질 수 있는 질문들을 뽑아 봤어. 네가 모르는 건 모른다고 말하면 돼. 긴장할 필요 없어. 그냥 탐문 조사일 거야. 뚜렷한 용의자가 없을 땐 사소한 걸 물고 늘어지는 게 경찰이야. 알겠지?"

"아빠, 내가 잘할 수 있을까?"

"걱정하지 마. 잘할 수 있을 거야. 한 가지만 명심해. 넌 엘리베이터에서만 할머니를 만난 거야. 비상계단에는 간 적도 없는 거다. 어떤 질문을 받든 그것만은 진실이 돼야 해. 지금 너한테는 증거가 없어. 증거가 없으면 형사들도 널 어떻게 할 수가 없어."

아빠는 준형의 등을 두드리며 긴장을 풀어 주었다.

"일단 말을 맞춰 보자."

아빠는 준비한 수첩을 꺼내 진짜 형사처럼 질문했다.

"사건 전날 밤 할머니와 층간 소음 문제로 다퉜지?"

"그러니까…… 밤에 시끄럽다고 할머니가 집으로 찾아와서 잠깐 말다툼을 했어요."

아빠는 고개를 끄덕였다.

"좋아, 있었던 그대로만 말해. 형사는 팩트를 알고 싶은 거야. 다 숨기겠다고 처음부터 거짓말을 하면 금방 티가 나."

"이건 거짓말이 아니잖아."

"맞아, 그게 가장 중요해. 진실을 말하고 흔들리지 않는 것."

아빠는 다시 질문을 이어 갔다.

"평소 할머니에 대해 어떻게 생각했지? 그날 저녁 여섯 시 쯤에 어디 있었니?"

"할머니를 마지막으로 본 건 언제니? 친구는 집에서 몇 시에 나갔지?"

"넌 할머니를 미워했겠다. 그치? 평소에 비상계단으로 다닌 적이 있니?"

송곳 같은 질문들이 그날을 떠올리게 했다. 아빠는 준형이 너무 빨리 대답해도 지적했다.

"준형아, 너무 기계적이잖아. 말을 멈추고 기억을 더듬기도 해야 자연스럽지. 널 증명해 줄 사람이 누군지 생각해.”

아빠는 진짜 형사처럼 수많은 질문을 쏟아 내며 준형을 몰아쳤다. 아빠의 표정은 수시로 바뀌었다. 때로는 험악했고 때로는 회유하듯이 부드러웠다. 준형의 말이 형사의 의심을 살 만한 부분에서는 따귀라도 칠 듯이 매서웠다. 아빠는 대답이 어색하거나 부족한 점을 핀셋처럼 세밀하게 잡아내며 준형을 압박했다. 쏟아지는 질문에 준형은 눈동자가 흔들리기도 했고 입술을 깨물기도 했다. 아빠는 핸드폰으로 영상을 찍어 어색해하거나 당황하는 모습까지 교정해 주었다.

“준형아, 준형아!”

어둠 속에서 누군가 준형을 불렀다.

고개를 돌리자 아래층 할머니가 서 있었다. 할머니는 몸이 기괴하게 비틀린 채, 창백한 얼굴로 준형을 바라보며 비상계단을 힘겹게 걸어 올라왔다. 준형은 할머니에게 붙잡히지 않으려고 미친 듯이 계단을 올라 겨우 비상문 앞에 섰으나 문은 단단히 잠겨 열리지 않았다. 뒷머리가 쭈뼛 섰다. 심장이 터질 것 같았다. 문손잡이를 계속 돌리던 준형이 뒤돌아본 순간, 할머니의 몸이 툭 하고 앞으로 쓰러졌다.

준형은 비명을 지르며 잠에서 깨어났다. 숨을 몰아쉬며 침대에서 몸을 일으키자 온몸이 땀으로 흠뻑 젖어 있었다. 한동안 멍하니 앉아 있다가 엄마가 깨우는 소리에 겨우 정신을 차릴 수 있었다. 식탁 위에 차려진 토스트를 한 입 베어 물었으나 넘어가지 않았다. 결국 우유만 몇 모금 마셨다. 엄마도 더 권하지 않았다. 준형은 이어폰을 귀에 꽂고 현관을 빠져나왔다.

엘리베이터 문이 열렸다. 8층, 7층, 6층……. 출근 시간이라 층마다 멈춰 섰다. 어느새 엘리베이터 안을 꽉 채운 사람들 사이에서 준형은 고개를 숙였다. 모두가 자신을 쳐다보는 것 같아서였다. 그렇게 1층에 다다를 때까지 엘리베이터 벽에 몸을 바짝 붙인 채 바보처럼 서 있었다.

그날 일이 자신과 무관한 일이라 치부하고 싶었지만 그러기에는 일이 돌이킬 수 없을 만큼 커져 버렸다. 사람이 솜털처럼 가볍게 넘어갈 수 있다는 사실을 준형은 처음 알았다. 그 어떤 핑계와 변명으로도 덮을 수 없는 일이 있다는 사실도.

준형은 학교에서도 내내 멍한 상태였다. 전날 밤 흘린 땀이 씻겨 내려가지 않은 듯 온몸이 끈적거렸고, 꿈속 장면이 계속 떠올랐다. 선생님의 목소리는 꼭 할머니가 자신을 부르던 목소리 같았고, 칠판에 적힌 수학 문제는 무의미한 기호 덩어리로만 보였다. 친구들이 수다 떠는 소리도 아주 먼 데서 들려오는 듯 이질적으로 느껴졌다.

"한준형."

옆자리 친구가 팔꿈치로 슬쩍 찔렀다.

"너 아까부터 뭘 그렇게 생각해."

준형은 대답할 기력이 없어 억지로 고개를 끄덕이며 괜찮다는 신호를 보냈다. 그러나 이내 선생님의 날카로운 목소리가 준형에게로 날아들었다.

"한준형! 대답해 봐."

준형은 그제야 자신이 질문을 받았다는 것을 깨달았다. 하지만 무슨 질문인지, 아니, 지금이 무슨 수업 시간인지조차 알 수 없었다.

"죄송합니다."

준형이 힘겹게 말했다. 선생님은 한숨을 쉬더니 그냥 넘어갔지만 반 애들이 수군대는 게 느껴졌다. 손끝이 차가워졌다.

쉬는 시간에 준형은 화장실에 갔다. 거울에 비친 얼굴이 며칠 사이에 완전히 달라져 있었다. 웃음기 없는 얼굴이 꼭 무너진 건물 같았다. 거울 속 자신이 너무 낯설어서 눈을 마주치기가 어려웠다.

"너 괜찮냐?"

수업이 끝난 후 현서가 준형에게 다가와 물었다.

"어어. 신경 쓰지 마."

"무슨 일 있냐? 말도 없고."

"그런 거 아냐."

"그런 게 아니면 뭔데?"

"묻지 마, 말하기 싫어."

준형이 건조한 목소리로 답했다.

"아니, 말하기 싫으면 어쩔 수 없는데 걱정되니까 그러지."

"누가 걱정해 달래?"

준형은 욱해서 소리를 질렀다. 알 수 없는 온갖 감정이 밀려왔다.

"야, 왜 소릴 지르고 그래. 너 정말 무슨 일 있는 거 맞네. 말해 봐, 들어 줄게. 해결은 못 해도……."

"좀 냅두라고!"

준형은 현서가 성가셨다.

"그래, 알았어."

현서는 기분이 상했는지 시큰둥하게 내뱉곤 휙 돌아섰다. 사실 준형도 털어놓고 싶었지만 현서가 도움을 줄 수 없는 일이었다. 현서가 이상하게 여기는 것도 무리는 아니었다. 자신이 보기에도 평소와 너무 다르니까.

준형은 학교를 나와 터덜터덜 걸었다. 막막했다. 태어나서 지금까지 이토록 두렵고 불안한 적은 단 한 번도 없었다. 하루하루가 지옥 같았다. 시간을 되돌릴 수만 있다면. 그 시간에 담배를 피우러 비상계단에 가지 않았더라면. 그랬다면 아래층 할머니를 마주치지 않았을 텐데. 아니, 마주쳤더라도 그냥 죄송하다는 말 한마디만 건넸으면 됐는데. 온갖 생각이 머릿속을 스쳐 지나갔다. 준형은 문득 엄마가 했던 말을 떠올랐다.

"세상 살아가는 데에는 두 가지 말만 잘하면 큰 문제가 안 생겨. 감사합니다. 죄송합니다."

준형은 고작 두 가지 말 중에 죄송하다는 말을 하지 않아 이 끔찍한 상황을 만들었다.

16

아래층 할머니의 딸이 경찰서를 찾아왔다. 어머니가 쓰러져서 의식을 잃은 채 발견됐다는 연락을 받고 급히 병원에 갔는데, 석연치 않은 점을 발견했다는 것이었다.

"사실 엄마가 혼자 계시니까 걱정이 많았거든요. 엄마 집에는 어쩌다 한번 가니까 신경을 많이 못 썼어요."

맞은편 의자에 앉은 딸이 긴장한 표정으로 가방에서 얇은 스웨터를 꺼내 보였다.

"응급실에서 엄마 옷을 받았는데, 담뱃재가 묻어 있었어요. 엄마는 담배 냄새 맡으면 머리 아프다고 근처에도 안 가는 사람인데……."

강 형사는 스웨터를 건네받아 살펴봤다. 병원에서 받은 서류에는 외상성 뇌출혈로 인한 의식 불명 상태라고 적혀 있었다. 후두부에 집중된 타박상과 두개골 골절 진단도 눈에 띄었다.

"어머님이 쓰러지시기 전에 무슨 징조 같은 건 없었나요?"

“징조요?”

“뭐, 머리가 아프다거나, 심장이 조인다거나, 어지럽다거나…… 건강상 문제가 없었나요?”

“그런 건 없었어요. 엄마가 건강에 신경을 많이 쓰는 편이었거든요. 고혈압이나 당뇨 같은 것도 없었고, 운동도 자주 하셨어요. 건강보다는…… 좀 외로우셨을 것 같아요. 지금 아파트로 이사하신 지 일 년이 좀 넘었는데 친구도 없고 가까운 이웃도 없는 것 같더라고요. 복지관이나 노인정은 가기 싫다고만 하시고. 그저 집에서 책이나 보시고 친구분들 일 년에 몇 번 만나는 정도였어요.”

“흠, 어머님이 평소에도 비상계단으로 다니시나요?”

“비 내리는 날에는 밖에 못 나가니까 가끔 계단 운동을 한다는 말은 들은 적이 있어요. 살살 올라갔다가 엘리베이터로 내려오면 된다고, 너도 하라고요. 엄마가 제 걱정을 많이 했거든요. 제가 멀리 살아서 늘 전화로 안부만 묻곤 했는데…… 건강하던 엄마가 갑자기 그렇게 됐다는 게 도저히 믿기지가 않아요. 조심성도 많으셨거든요. 그런데 의식 불명이라니! 누군가, 누군가 엄마한테 나쁜 짓을 한 거예요!”

딸이 울먹이며 말했다. 강 형사에게도 연로한 어머니가 있어 남 일 같지 않았다. 강 형사는 다시 스웨터를 자세히 들여다보았다. 스웨터 가슴 윗부분에 담뱃재가 희미한 검은 얼룩과 함께 남아 있었다. 누군가 할머니보다 위쪽에서 담배를 피우고 있었다는 뜻이다.

"어머님이 정말 담배를 안 피우시나요?"

"그런 소리 마세요. 엄마는 교장 선생님이었어요. 담배 같은 건 절대 입에 대는 사람이 아니에요."

딸이 쏘아붙이듯이 말했다. 문득 강 형사는 의사 소견란에 적혀 있던 내용을 떠올렸다. '낙상 높이와 손상 정도를 고려할 때 추락 시 상당한 가속도가 붙었을 것으로 추정됨.' 단순 실족이 아니라 외력에 의한 추락 사고일 가능성이 있었다.

"어머님과 원한 관계가 있는 사람은 없고요?"

"원한 관계요? 엄마는 평생을 교직에 있던 분이라 원한 같은 것도 없어요."

"그렇다면 혹시 채무 관계가 복잡하진 않았을까요?"

"연금이 넉넉히 나오는걸요. 아파트도 엄마 명의고요. 그런 분이 무슨 빚이 있겠어요."

강 형사는 딸의 말에 고개를 끄덕이며 스웨터를 증거 봉투에 넣었다. 담뱃재라……. 할머니가 사고를 당할 때 묻은 거라면 누군가와 함께 있었을지도 모른다. 그것도 담뱃재가 묻을 만큼 가까운 거리에. 현장에 나가 볼 필요가 있었다.

강 형사는 할머니를 처음 발견한 경비를 찾아갔다.

“9층 할머니는 비가 오면 계단 운동을 하시곤 했어요. 여러 번 봤죠. 강단 있는 분이신데 안됐어요.”

경비 아저씨는 진지한 표정으로 기억을 더듬으며 말했다.

“비상계단 쪽에는 CCTV가 없나요?”

“그렇죠, 비상구까지는 없어요.”

“주민분들 중에 비상계단을 자주 이용하는 분이 또 있나요?”

“글쎄요. 가끔 엘리베이터 고장 났을 때나 계단으로 가지, 평소에는 안 쓰죠.”

“그럼 비상계단에서 흡연하시는 분들은 많은가요?”

“꽤 있죠. 거기서 피우지 말라고 경고문을 붙여 놓기는 하는데, 담배 냄새 난다는 민원은 종종 들어와요.”

“흠, 그래요…… 혹시 할머니께 특이 사항은 없었습니까?”

“아, 있죠. 할머니가 층간 소음 문제로 항의를 자주 넣었어요. 위층 아이들이 너무 시끄럽다고요. 뭐, 애들 있는 집에서는 흔한 일이죠. 할머니가 좀 예민하셔서 그걸 못 참았어요. 잠을 못 자겠다고 화를 내시는데 그게 시간이 초저녁이라 좀…….”

“층간 소음이라고요.”

강 형사가 수첩에 메모하던 손을 멈추고 경비 아저씨를 보며 물었다.

“위층 가족들에 대해 더 말씀해 주실 만한 게 있습니까?”

“위층이요? 그 집 딸이 음, 좀 특이해요. 가만있질 못하고……

무슨 장애가 있다고 하던데. 맞다, 그 애가 비상계단으로 다니는 걸 자주 봤어요."

"그게 정말입니까?"

"가끔 그 집 엄마가 비상계단에서 딸내미 찾으러 다니는 것도 봤고요."

생각지도 못했던 정보를 얻자 뭔가 실마리가 잡히는 듯했다. 강 형사는 수사에 본격적으로 착수하기로 마음먹었다. 정말로 단순 사고가 아니라 범죄 사건이라면, 일단 용의선상부터 좁혀야 했다.

17

"오늘은 헤르만 헤세의 『데미안』을 읽고 주제 토론을 하기로 했지? 선생님도 중학생 때 읽었는데, 어렵다고 느끼면서도 정말 감명 깊게 읽었어. 엄격한 부모 밑에서 모범적인 생활을 하던 싱클레어가 크로머라는 불량소년에게 세 보이고 싶은 마음에 과수원에서 사과를 훔친 적이 있다는 거짓말을 해. 그리고 이 거짓말 때문에 어둠의 세계에 발을 들이게 되지."

독서 활동 시간이었다. 선생님이 『데미안』의 줄거리를 간략히 알려 주었다.

"조금 어려워도 꼭 읽고 토론해 볼 만한 책이야. 특히 선과 악에 대해 좋은 질문을 던져 주는 작품이지."

『데미안』을 읽어 온 몇몇 학생들은 고개를 끄덕였지만, 대부분은 지루한 듯 한숨을 쉬었다.

"싱클레어는 빛과 어둠의 세계를 오가며 성장하는데 그렇다면 '악'이란 사람에게 원래 있는 걸까?"

준형은 악에 대해 한 번도 생각해 본 적이 없었다. 아무도 입을 열지 않는 가운데 현서가 손을 들었다.

"악은 누구에게나 다 있지 않나요? 저는 초등학생 때 문구점만 가면 비싼 볼펜을 갖고 싶었거든요? 그래서…… 그냥 주머니에 넣고 나왔어요. 훔친 거죠. 처음엔 좋았어요. 그런데 시간이 지날수록 마음이 불편하더라고요. 쓰면 안 될 것 같아서 결국 문구점에 다시 몰래 갖다 놨고요. 그 순간 마음이 가벼워져서 두 번 다시는 남의 물건에 손대지 말아야겠다고 다짐했어요. 제 안에는 나쁜 마음이 있지만, 그걸 무시할지 말지는 결국 제 의지에 달려 있다는 걸 알았어요."

"현서가 아주 용기 있게 얘기해 줬구나. 맞아, 누구나 잘못을 저지를 수 있어. 거짓말을 할 수도 있고. 하지만 솔직하게 인정하기는 어렵지."

선생님이 고개를 끄덕이며 말했다.

"또 다른 의견이 있는 친구 있을까?"

기분 탓인지 선생님이 준형을 유심히 보는 것만 같았다. 마치 준형의 이야기를 듣고 싶어 하는 것처럼. 하지만 준형은 딱히 할 말이 없었다.

"다른 의견 없으면 조별 토론을 이어 가 볼까?"

준형은 어쩌면 지금 자신이야말로 선과 악 사이를 오가며 싸우는 중인지도 모르겠다는 생각이 들었다. 할머니가 하루빨리 무사히 깨어나기를 바라는 마음과 깨어나지 않고 이대로 모든 게 조용히 덮이면 좋겠다는 마음이 전부 제 속에 있었다. 둘 중 어떤 마음이 더 큰지도 알 수 없었다. 그저 혼란스러울 뿐이었다.

"싱클레어가 데미안을 만나지 않았다면 결국 늪에 빠져 허우적댔을 거야. 자기 안의 진짜 모습을 인정하는 게 쉽지 않으니까."

맞아. 자신의 인정하고 싶지 않은 면까지 받아들이는 게 중요하겠지. 난 자신이 없어.

"스스로 죄를 인정하는 게 성장 아닐까?"

그런 말을 꺼내는 것도 굉장히 큰 용기겠지. 난 못 하겠어.

"사실을 알고도 모른 척하는 건 자신을 속이는 행위야."

조별 토론에서 아이들이 던진 말이 머릿속을 떠나지 않았다.

"준형아, 넌 어떻게 읽었냐?"

현서가 물었다. 준형이 화를 낸 뒤로 며칠간 서먹했는데, 아무렇지도 않은 투였다. 준형은 잠시 생각하다 입을 열었다.

"나도 데미안 같은 친구가 있으면 좋겠다."

"나도. 사실 우리 다 서로에게 데미안이 될 수도 있는데, 솔직한 모습을 보여 주지 않잖아."

현서가 진지하게 말했다. 마치 네 마음속에 있는 것을 털어놓아 보라는 것처럼.

"이제 『데미안』에서 인상 깊었던 구절을 뽑아 보자."

선생님의 말에 아이들은 각자 가장 인상 깊었던 구절을 뽑았다. 준형은 '새는 알에서 나오려고 투쟁한다. 알은 세계다. 태어나려는 자는 한 세계를 깨뜨려야 한다.'라는 문장을 옮겨 적었다.

"한 세계를 깨뜨린다는 게 뭘까?"

준형은 그 뜻을 도무지 알 수가 없었다.

"실제로 새가 알을 깨고 나올 때 엄청 몸부림친대. 계속 알 속에서 살 수는 없잖아. 알을 부수고 나와야 진짜 세상을 만난다는 말 아닐까?"

현서의 말에 준형이 중얼거렸다.

"그럼 알은 결국 스스로를 가뒀던 곳이네."

그렇지 않을까, 하며 고개를 끄덕이던 현서가 장난치듯 말을 붙였다.

"근데 데미안 진짜 똑똑하고 신비롭지 않냐? 묘한 구석도 있고. 혹시 나 닮지 않았냐?"

"그럼 내가 싱클레어냐?"

"지금까지 넌 너무 밝은 세상에서만 살았어. 하수구에 쥐들이 산다는 걸 아는 게 나쁜 것만은 아니야."

현서는 방구석 철학자나 된 것마냥 너스레를 떨었다.

"내가 밝은 세상에서만 살았다고? 네가 나에 대해 뭘 안다고 그래?"

"야, 농담이야. 농담을 왜 진담으로 받고 그래? 오늘따라 까칠하네."

준형이 공격적으로 대꾸하자 당황한 현서가 손을 내저었다. 별것도 아닌 말에 꼬여 버린 스스로가 마음에 들지 않았다. 삽시간에 어색해진 분위기 속에서 준형은 자신이 정말 하수구의 쥐가 된 것 같은 심정이었다.

18

집으로 돌아온 준형은 저녁도 거르고 학원도 가지 않았다. 기분이 너무 엉망이어서 아무것도 할 의욕이 나지 않았다. 의욕이 없기는 엄마와 아빠도 마찬가지였다.

"경찰이 진짜 집으로 찾아올까?"

엄마가 근심이 가득한 얼굴로 아빠를 바라보았다.

"올지 안 올지 모르지. 그런데 어차피 증거가 없어. 준형이가 비상계단에 간 걸 본 사람이 없잖아."

그때 누군가 현관으로 들어왔다. 채원이다.

"채원이는 어디 갔다 오는 거야?"

"아마 비상계단 갔다 왔겠지."

"비상계단?"

순간 준형이 뭔가 말하고 싶은 듯 입을 달싹였다.

"아빠, 혹시 채원이가 그랬다고…… 아, 아니다. 아니에요."

준형이 말끝을 얼버무렸다. 엄마는 놀란 얼굴로 준형을 돌아보았다.

"채원이를 어떻게 한다고? 너 무슨 말 하려고 했어?"

"아니, 그게…… 다른 방법이 없잖아. 채원이는 아무것도 모르니까……."

"너 도대체 어디까지 가려고 그러니! 네가 무슨 말을 하고 있는지 알기나 해?"

"그래서 아니라고 했잖아!"

"그러게 왜 일을 이 지경으로 만들어!"

엄마의 목소리에는 준형에 대한 원망이 담겨 있었다. 옆에서 듣고 있던 아빠가 입을 열었다.

"아니야, 잘 생각해 봐. 채원이가 비상계단 들락거리는 건 아파트 사람들 다 아는 일이야. 더구나 채원이는 장애가 있잖아. 일이 잘못된다고 해도 준형이보다 처벌을 크게 받지는 않을 거야. 현실적으로 생각하자고. 이미 벌어진 일을 준형이 탓만 한다고 될 게 아니야. 더구나 채원이는 만으로 열네 살이 안 됐고, 준형인 촉법 나이를 넘었어. 채원이한테는 불리할 게 없어."

"채원이한테 이런 짓까지 한다고? 정말?"

엄마는 감정이 치밀어 오르는 듯 두 손으로 얼굴을 감쌌다. 채원은 세 사람이 무슨 이야기를 나누는지도 모른 채 둘리에게 머리띠를 씌우고 동영상을 찍고 있었다.

“채원이에게는 미안하지만 상황이 어쩔 수 없잖아. 만약에 경찰이 우리 집까지 오면, 준형이 감옥 보낼 거야?”

“그만! 제발 그만해. 듣기 싫어. 난 진짜 당신 무섭다.”

“나 때문에 싸우는 거면 그만해요. 그냥 내가 경찰서에 갈게. 그럼 엄마 마음이 편한 거지? 엄마는 내가 어떻게 되든 상관없다는 거잖아.”

“준형아, 엄마는 그런 뜻이 아니야. 엄마는…….”

엄마가 말을 끝맺지 못한 채 울먹였다. 준형은 사실 경찰서에 갈 자신이 없었다. 하지만 마음에 없는 말이라도 해야 엄마 아빠의 싸움이 끝날 것 같았다. 어쩌면 단 한 번이라도 엄마가 널 위해서 뭐든 하겠다는 말을 듣고 싶었는지 모른다.

“마나나 마나나 마나나!”

채원이 리듬을 맞춰 되풀이하는 소리가 거실에 맴돌던 침묵을 깨트렸다. 어릴 때부터 들어 왔던 지긋지긋한 소리. 아빠가 준형에게 방으로 들어가라는 손짓을 했다.

준형은 침대에 누워 이불을 머리끝까지 뒤집어쓰고 채원이에 대해 생각했다.

사람들이 오가지 않아서인지 채원이는 비상계단을 편안하게 여겼다. 감촉이 좋은 건지 냉기가 좋은 건지, 벽에 손바닥을 댄 채 몇 층이고 오르내리곤 했다. 간혹 금이 간 곳에서는 멈

쥐 서서 그 질감을 기억하려는 듯 한참을 매만졌다. 비상계단은 채원이의 놀이터나 마찬가지였다. 난간을 두들기며 그 소리에 귀를 기울이기도 했고, 작은 창으로 들어오는 빛과 그림자를 오래 관찰하기도 했다. 핸드폰으로 사진과 동영상을 찍는 일도 많았다. 엄마는 그게 채원이가 감정을 표현하는 방식이라고 말했다. 그러나 준형이 보기에는 아무 목적 없는 행동이었다. 채원이는 자기만의 방식으로 살고 있다지만, 그 방식이 준형의 눈에는 우습고 이상했다.

소음을 내는 것도, 비상계단을 들락거리는 것도 채원이다. 자신은 엘리베이터가 고장 나지 않는 한 비상계단을 이용하지도 않는다. 그런데 하필 그날 비상계단에서 상상할 수도 없던 일이 벌어졌다. 누가 뭐래도 확률상 채원이에게나 일어나야 할 일이었다. 동생이 저지른 일이라고 해도 의심할 사람이 없다. 완벽한 거짓말이 될 수 있다. 그런데 엄마가 그렇게까지 화를 낼 줄은 몰랐다. 이번에도 채원이였다. 이런 상황에서도 채원이니 자신이니 따지는 제 모습이 한심했지만 어쩔 수 없었다.

잠을 자면 편해질까 싶어서 억지로 눈을 감았다. 그러나 잠은 오지 않았다. 감은 눈앞에는 온통 불덩이가 일렁거릴 뿐이었다.

19

강 형사는 사건 현장 주변에서 수집한 자료를 한데 모았다. 그날 할머니가 엘리베이터에 설치된 CCTV에 찍힌 건 두 번뿐이었다. 엘리베이터를 타고 아파트를 빠져나갔다가 몇 시간 뒤에 다시 돌아와서 엘리베이터를 탔다.

"잠깐, 잠깐."

강 형사는 영상을 되감아 봤다. 엘리베이터에 서 있는 할머니는 딸이 가져온 스웨터가 아닌 다른 옷을 입고 있었다. 담뱃재가 사건 당일에 묻은 것만 확인한다면, 할머니 옷에 담뱃재를 떨어트린 건 사건과 관련이 있는 사람일 게 분명했다. 실마리를 얻은 강 형사는 영상을 몇 번이고 돌려 봤지만 다른 단서는 찾지 못했다. 외출에서 돌아온 할머니가 엘리베이터 앞에 십 대 남자애 둘과 나란히 서 있는 모습이 찍힌 두 번째 영상도 유심히 보았다. 그것이 그날 할머니가 목격된 마지막 순간이었다.

"엘리베이터 같이 탄 애들은 만나 봤어요?"

동료 형사가 말했다. 강 형사는 노트북을 덮으며 자리에서 일어났다.

"아니, 이제 만나 봐야지."

강 형사는 할머니와 같은 층에 사는 이웃집부터 찾아갔다.

"실례합니다. 경찰서에서 나왔습니다. 옆집 할머니에 대해 몇 가지 여쭤보고 싶은 게 있어서요. 잠시 이야기 좀 나눌 수 있을까요?"

경찰 신분증을 보여 주며 말하자 문 안쪽에서 잠시 정적이 흘렀다. 이윽고 문이 살짝 열리더니 오십 대로 보이는 여자가 밖으로 나왔다.

"비상계단에서 쓰러지셨다는 얘기는 들었어요."

강 형사는 수첩을 꺼내며 조심스럽게 물었다.

"최근에 할머니 보신 적 있으신가요?"

"글쎄요, 옆집 살아도 마주친 적은 별로 없어서요. 지난주인가 잠깐 복도에서 봤는데, 그 이후로는……."

"평소와 다른 점은 없었나요? 뭐, 큰 소리가 났다던가."

여자가 고개를 갸웃했다.

"그런 건 잘 모르겠는데…… 할머니가 워낙 조용하셔서요."

"그렇군요. 답변 감사합니다."

별 소득 없는 대화에 강 형사가 돌아서려는데 여자가 머뭇거리는 기색으로 입을 열었다.

"저, 할머니 일이 아닐 수도 있는데 말씀드려도 되나요?"

"그럼요. 무슨 일인가요?"

"그날 엘리베이터 기다리다가 어디서 싸우는 소리를 듣긴 했거든요."

"여기 엘리베이터 앞에서요?"

"네. 지금 생각해 보니까 비상계단에서 싸운 게 아닌가 싶어요. 남자애 목소리가 크게 울렸거든요."

"몇 시쯤이었는지 기억나세요?"

"정확히는 모르겠지만 다섯 시 넘어서였던 것 같아요."

강 형사는 고개를 끄덕이며 감사의 말을 전했다.

"혹시 더 떠오르는 게 있으면 연락 부탁드립니다."

여자는 명함을 받으며 조심스럽게 문을 닫았다.

"비상계단에서 다툼이라……."

강 형사는 의심스러운 눈빛으로 위층을 올려다보았다.

20

강 형사가 찾아온 건 사건이 터진 지 열흘이 지나서였다.

초인종이 울렸을 때 저녁을 준비하고 있던 준형 엄마는 한 손에 달걀을 든 채 거실로 나왔고, 인터폰에 뜬 낯선 얼굴을 보았다. 그 낯선 얼굴이 형사임을 직감한 엄마는 달걀을 떨어트리고 말았다. 현관문을 열어 준 사람은 준형 아빠였다. 아빠는 강 형사가 내민 경찰증을 보며 올 것이 왔다는 생각에 마음을 가라앉히려 애썼다. 강 형사는 고개를 까닥이며 거실로 들어섰다. 바닥에 노랗게 짓이겨진 달걀이 눈에 들어왔다. 준형 아빠가 입을 열었다.

"당신 뭐 해? 어서 치우지 않고."

준형 엄마는 그제야 정신을 차린 듯 허둥지둥 바닥에 떨어진 달걀을 휴지로 닦아 냈다.

"쉬고 계시는데 죄송합니다. 아파트 주민분들께 몇 가지 여쭤보는 중인데, 협조 좀 부탁드리겠습니다."

"아래층 할머니 일 때문이시죠? 정말 안타까워요."

준형 아빠가 강 형사에게 말을 건넸다.

"네, 그렇습니다. 혹시 그날 오후에 집에 계셨나요?"

"오후에는 집에 없었죠. 보통 여섯 시쯤 퇴근해서 집에 오면 일곱 시쯤이니까요. 그날은 좀 일찍 퇴근해서 여섯 시쯤 오긴 했어요. 아내도 그때 왔고요. 마침 애들도 집에 있길래 다 같이 저녁 먹으러 나갔어요."

"실례가 안 된다면 어느 식당인지 여쭤봐도 될까요?"

"아파트 정문 쪽에 샤브샤브 잘하는 집이 있어서 거기로 갔어요."

강 형사는 그 외에도 몇 가지를 더 물어보았다.

"아드님은 집에 없나요? 잠깐 만나 봤으면 좋겠는데."

"학원에 있을 겁니다."

"언제 들어오나요?"

"글쎄요. 아마 열 시 이후에나 올 텐데……."

평소에 준형은 집에 들러 간단히 뭘 먹고 학원에 가지만, 준형 아빠는 그 사실을 말하지 않았다. 준형이 늦게 들어온다고 하면 강 형사가 금방 돌아갈 거라고 생각했다. 한밤중에 다시 들이닥칠 리는 없으니, 준형이가 집에 오기 전에 얼른 내보내야 했다.

"아, 그래요."

강 형사는 준형 아빠의 말에도 나갈 생각이 없어 보였다.

"따님도 있으시다고 들었는데."

"딸아이가 있기는 한데……."

"그럼 잠시 만나 봐도 될까요?"

준형 아빠가 머뭇거렸다.

"근데 저희 딸이 장애가 있어서 말을 잘 못하는데……."

"괜찮습니다. 이게 저희 일이라 어쩔 수 없네요. 아이를 잠시 만나 볼 수 있을까요?"

준형 아빠는 할 수 없이 강 형사를 채원의 방으로 안내했다. 강 형사가 방문을 열었을 때 채원은 침대에 앉아 인형을 눈가에 가까이 댔다 떼기를 반복하고 있었다. 강 형사에게는 눈길도 주지 않았다.

"안녕, 채원아. 아저씨가 물어보고 싶은 게 있어서 왔어. 혹시 너 이 할머니 본 적 있니?"

강 형사는 조심스럽게 아래층 할머니 사진을 보여 주었다. 채원은 그제야 고개를 들어 강 형사를 뚫어져라 바라보았다. 그러나 딱 거기까지였다. 채원은 무표정한 얼굴로 다시 인형에 집중했다. 강 형사는 더 이상 질문하지 않고 방을 나왔다.

강 형사가 채원이 방에 들어간 사이, 준형 아빠는 마음이 초조했다. 준형이가 집으로 돌아올 시간이 다 되어 가고 있었다. 서둘러 카톡을 열었다.

메시지를 보내자마자 강 형사가 채원이 방에서 나왔다.

"온 김에 아드님도 보고 가고 싶은데, 좀 기다려도 되겠죠?"

"아, 네. 그렇게 하시죠."

강 형사는 아예 소파에 자리를 잡고 앉았다.

"근데 아들놈이 언제 올지 모르겠네요."

준형 아빠는 강 형사가 정말 준형이 올 때까지 기다릴까 봐 조바심이 났다.

"저도 아드님하고 나이가 비슷한 딸이 있는데 학원으로 바로 안 가고 집에 한번 들르더라고요."

강 형사는 준형의 동선을 알고 있는 듯이 말했다.

"좀 늦을 것 같은데 제가 대신 물어보고 형사님께 연락드리면 어떨까요?"

"아버님, 저희가 하는 일이 누가 대신해 줄 수 없는 거라서요. 아버님께 맡길 수는 없어요. 죄송합니다. "

준형 아빠는 강 형사의 눈치를 살피며 준형이가 조금 전 보낸 카톡을 열어 봤는지 살폈다. 여전히 숫자 1이 찍혀 있었다. 입안이 바짝 말랐다. 늘 핸드폰에 코를 박고 사는 녀석이 부모

문자는 읽어 볼 생각도 안 한다. 항상 이런 식이었다. 하루가 지나도록 안 읽을 때도 많았다. 준형은 지금쯤 어디까지 왔을까. 강 형사와 있는 이 짧은 시간이 백 년처럼 느껴졌다. 손이 저릿저릿해서 준형 아빠는 저도 모르게 두 손을 자꾸 비벼 댔다.

21

준형은 문을 열고 집 안으로 들어섰다. 거실 소파에 웬 낯선 남자가 아빠와 함께 앉아 있었다. 가슴이 철렁 내려앉았다. 잠시 머뭇거리는 사이 아빠가 자리에서 일어났다.

"학원 바로 안 갔네."

아빠는 당황한 기색이었지만 목소리만큼은 태연했다.

"네가 준형이구나."

강 형사가 일어서며 말했다.

"강 형사님이라고, 아래층 할머니 일 때문에 물어보고 싶은 게 있다고 오셨어."

준형은 긴장한 표정으로 강 형사를 보았다.

"피곤할 텐데 몇 가지만 물어보고 갈게. 며칠 전 아래층 할머니 쓰러지시던 날 할머니 만난 적 있지?"

"아, 네. 엘리베이터에서요."

"그때 별일 없었니? 그러니까 할머니가 평소랑 좀 달라 보였다든지.”

“친구랑 같이 있어서 할머니를 자세히 보지는 못했어요.”

“전날 밤에 층간 소음 문제로 너랑 다퉜다고 하던데. 널 보고 할머니가 뭐라 안 하시든?”

“좀 어색하긴 했는데, 별말 없으셨어요.”

“할머니가 예민해서 좀 힘들었겠다.”

“네, 뭐…….”

준형이 나지막하게 대답했다.

“그날 학교 끝나고 뭐 했는지 말해 줄 수 있니?”

“수업 끝나고 친구랑 집에 와서 게임했어요. 게임이 잘 안 풀려서 좀 하다 관두고 친구는 바로 집에 갔고요. 그때쯤 부모님 오셔서 같이 저녁 먹으러 갔어요.”

“저녁은 뭐 먹었어?”

“샤브샤브랑 볶음밥 먹었어요.”

“몇 시에 돌아왔지?”

“여덟 시 좀 넘어서 왔던 것 같아요.”

아빠와 연습한 덕분인지 준형은 담담하게 대답할 수 있었다. 답안지를 본 뒤에 시험 문제를 푸는 심정이었다. 형사는 생각보다 훨씬 부드럽고 정중한 태도였다. 그날 비상계단에 있었던 잠깐의 시간을 빼고는 모든 걸 사실대로 말했다. 그 짧은 시간 동안 무슨 일이 있었는지 형사가 알 길은 없다.

마지막 질문을 남겨 둔 강 형사는 뜸을 들이듯 물 한 잔을 마신 후 준형을 찬찬히 바라보았다. 마음속 깊은 곳에 숨겨진 비밀을 캐려는 사람의 눈빛이었다.

"그날 비상계단에 간 적 없니?"

준형은 곧바로 대답하지 않고 속으로 셋까지 센 뒤 입을 열었다.

"없어요. 전 늘 엘리베이터만 타요."

"음, 그럼 혹시 이 집에 담배 피우는 사람이 있니?"

순간 숨이 훅 막히는 듯했다. 옆에 있던 아빠가 바로 말을 이어받았다.

"담배는 제가 피우죠. 그런데 그건 왜 물어보시는 건지……."

"아, 별건 아니고 할머니 옷에서 담뱃재가 나왔는데 할머니는 담배를 피우지 않는다고 들어서요. 그날 아버님이 할머니를 마주치신 건 아니죠?"

강 형사가 반쯤 농담이라는 듯 가볍게 물었다.

"저는 그날 비상계단 근처에도 안 간걸요. 하루 종일 할머니 그림자도 못 봤어요."

아빠는 강 형사의 시선을 자신에게 돌리려고 애썼다. 다행히 강 형사는 담배에 대해서는 더 이상 묻지 않았다. 수첩을 덮고 자리에서 일어난 강 형사가 막 생각났다는 듯 준형을 보며 물었다.

"참, 그날 집에 온 친구는 누구니?"

"김현서요. 같은 반 친구예요."

22

강 형사는 점심시간에 학교를 찾았다.

자초지종을 들은 담임 선생님이 현서를 호출했다. 현서가 교무실에 들어서자 검은 뿔테 안경을 쓴 남자가 자신을 강 형사라고 소개했다.

"네가 현서구나."

"네, 무슨 일이세요?"

"준형이랑 친구지?"

"네."

"준형이네 아래층 할머니 일 때문에 왔어. 몇 가지 물어볼 게 있어서."

"아, 네. 그런데 저는 아는 게 없는데……."

"그냥 그날 엘리베이터에서 준형이랑 같이 할머니를 봤다고 하길래 온 거야. 확인차 물어보는 거니까 편하게 대답해 주면 돼."

현서는 강 형사의 말에 고개를 끄덕이면서도 조금 긴장했다.

"준형이네 집에서 게임했다고 하던데, 그날 있었던 일을 순서대로 말해 줄래?"

"어, 별거 없는데. 그날따라 게임이 잘 안 풀려서 금방 끝냈어요. 그러고서 준형이가 잠깐 나갔다 온다길래 저도 집에 가겠다고 나왔어요. 그게 다예요."

"준형이는 어딜 갔다 온다고 했니?"

"그건 잘 모르겠어요. 준형이랑 엘리베이터 앞에서 헤어졌거든요."

"음, 그래. 혹시 너 준형이랑 많이 친하니?"

"친하긴 한데…… 왜요?"

"층간 소음 문제로 너한테 무슨 얘기한 거 없니?"

"가끔 그 얘기 했어요. 동생 때문에 자기가 오해를 많이 받는다고요."

"그렇구나. 마지막으로 하나만 더 물어볼게. 준형이가 평소랑 다른 점은 없고?"

현서는 강 형사의 질문에 움찔했다. 사실 요즘 준형이는 예전과 확연히 다른 모습이었다. 어딘가에 정신이 팔려 있는 사람 같았다. 친구들과 말도 잘 섞지 않고, 웃음기 많던 얼굴은 어둡기까지 했다. 그러나 며칠 전 준형이 카톡으로 했던 말이 떠올랐다.

"특별히 나쁜 점은 모르겠어요."

"음, 그래. 혹시 이상한 점이 생각나면 뭐라도 좋으니 여기로 연락 주렴."

강 형사는 현서에게 명함 한 장을 건네고 교무실을 나갔다. 현서는 명함을 빤히 내려다보았다. 뭘 더 말해 달라는 건지 모르겠지만 묘한 기분이 들었다.

23

"비상계단에서 다투는 소리가 들렸다는 진술이 신경 쓰여. 꽁초만 있어도 용의자를 바로 특정할 수 있을 텐데……."

강 형사는 비상계단에서 다투던 사람이 이 사건의 핵심이라는 생각이 들었다. 우연이라기에는 타이밍이 절묘했다.

"증거 없는 게 하루이틀인가. 아무리 찾아봐도 담배꽁초 같은 건 없었다면서."

옆에 있던 동료 형사들이 말을 거들었다.

"위층 사람들도 별다른 게 없잖아요. 아들은 모범생이고 그 부모도 특별히 수상한 점이 없고. 식당 간 영수증도 있고."

"근데 강 형사 촉이 위층 집에 쏠리는 거잖아. 갈등도 꽤 있었던 모양이고. 요즘 층간 소음 문제 얼마나 심각한지 알잖아. 우리가 보고 들은 것만 해도 몇 개야."

강 형사가 대꾸했다.

"사실 마음에 걸리는 게 하나 더 있어. 처음 갔을 때 그 집

아주머니기 니무 긴상하시더라고. 더구나 그 집 딸이 비상계단으로 다니는 걸 아주 좋아한다잖아. 그럼 그날 비상계단에서 만났을 가능성도 있고."

동료 형사 하나가 고개를 갸우뚱했다.

"듣고 보니 아다리가 맞는데요. 아버지란 사람도 담배 피운댔죠?"

강 형사는 의자 등받이에 몸을 기댔다.

"아, 모르겠다. 의심하기 시작하면 끝이 없네. 이건 뭐 다 용의자야."

떨쳐 내려 해도 한번 의문이 생기니 방향을 바꾸기가 힘들었다. 정황은 그렇게 간단하지 않았다. 스웨터에 묻은 담뱃재는 누구 것일까. 이웃이 들었다는 다툼 소리는 누구였나. 위층 가족들이 보인 과한 긴장은 무엇 때문일까. 강 형사는 다시 수첩을 펼쳤다. 사건을 종결시키기에는 아직 풀리지 않은 수수께끼들이 남아 있었다.

강 형사가 다녀간 뒤로 준형 아빠는 뭔가 석연치 않았다. 아내가 필요 이상으로 불안해하던 모습도, 그런 아내를 유심히 보던 강 형사의 눈초리도 마음에 걸렸다. 오히려 준형이가 자신의 우려와 달리 아주 자연스럽게 행동했다. 하지만 마음을 놓을 수는 없었다. 형사가 저렇게 주변을 들쑤시고 다니다가 새로운 정보를 가지고 다시 찾아올 수도 있다. 최후의 방법은 채원이가 할머니와 부딪쳤다고 말하는 것이었다. 어쩌면 형사가 다시 찾아오기 전에 가짜 자수를 하는 것이 혐의를 피하는 유일한 길일지도 모른다.

아내는 종일 방에서 나오지 않았다. 십자가와 묵주를 앞에 놓고 기도하고 있겠지.

"우리를 시험에 들게 하지 마시고 다만 악에서 구하소서. 다만 악에서 구하소서……."

아내는 이른 새벽부터 기도를 시작했다. 우리 가족이 저지르고 있는 잘못에 대한 회개일까. 아들 때문에 구원받지 못할 거라 믿는 걸까, 아니면 아들의 죄까지 껴안고 지옥 불로 들어가는 게 두려운 걸까. 사실 자신도 아빠로, 남편으로, 아들로 살면서 이렇게 힘든 날이 올 줄은 몰랐다. 누구보다 아들을 아꼈고 상처 주지 않으려고 애썼건만, 뭐가 어디서부터 잘못된 건지 도무지 알 수 없었다.

준형은 방 안에 틀어박혔다. 멍하니 있는 시간이 늘었다. 강형사가 무표정한 얼굴로 하나하나 캐묻던 질문들이 여전히 머릿속에 남아 있었다. 어쩌면 자신이 정말 할머니를 밀어 버린 건 아닐까 하는 의심마저 들었다.

준형은 땀이 배는 걸 느끼며 쥐고 있던 손을 펴 보았다. 손바다에 손톱자국이 깊이 나 있었다. 설마 진짜 날 의심하는 건 아니겠지. 아닐 거야.

그때 노크 소리가 들리더니 아빠가 방 안으로 들어왔다. 아빠는 말없이 옆으로 다가와 앉았다.

"많이 힘들지?"

준형은 대답 대신 고개만 끄덕였다.

"준형아, 무슨 일이 있어도 아빠는 네 편이야. 그걸 잊지 마."

그 말 한마디에 애써 눌러 두었던 감정이 목 끝까지 차올랐다.

"그냥 아무 일 없이 지나갔으면 좋겠어."

준형의 목소리가 형편없이 갈라졌다. 아빠는 준형의 등을 조용히 쓰다듬었다.

24

준형이의 카톡이었다. 어디가 아프냐고 물었지만 답은 오지 않았다. 현서는 준형에게 무슨 일이 있는 게 분명하다는 확신이 들었다. 하지만 도통 말이 없어 답답했다. 힘든 일이 있다는 말 한마디조차 하지 않는 태도가 서운하기도 했다. 오늘은 수업이 끝나면 준형이네 집에 가 봐야겠다고 마음먹었다.

현서가 준형의 집 초인종을 눌렀을 때, 현관문을 열어 준 건 채원이었다. 준형은 제 방에서 잠들어 있었다. 현서는 거실에서 만화책을 보며 준형이 깨기를 기다리려고 했지만, 핸드폰을 든 채원이가 집 안 여기저기를 왔다 갔다 하는 게 신경 쓰여서 결국 만화책을 내려놓았다.

"채원아, 넌 맨날 뭘 그렇게 찍어?"

채원이는 내수 없이 현서 주변을 뱅글뱅글 돌 뿐이었다. 그러다 거실 구석에서 낮잠을 자고 있던 둘리를 안아 들고는 제 방으로 들어가 버렸다. 카메라를 끄지도 않았는지 테이블 위에 올려놓은 핸드폰은 계속 촬영 중이었다. 채원이를 불러 봤지만 대꾸가 없었다. 현서는 핸드폰을 집어 들어 촬영 종료 버튼을 눌렀다. 테이블 위에 다시 내려놓으려다가, 문득 채원이 찍은 동영상 속에 자신도 있을 것 같아 조금 궁금해졌다.

앨범에 들어가자 엄청나게 많은 사진과 영상이 눈에 들어왔다. 방금까지 찍힌 건 화면이 흔들리고 초점이 맞지 않아 알아볼 수 있는 게 거의 없었다. 딱히 볼 만한 것도 없는데 뭘 이렇게 많이 찍었나 싶어서 현서는 무심코 화면을 옆으로 쓸었다. 휙휙 넘겨 보던 손가락이 어느 영상 앞에서 멈췄다. 비상계단에서 찍은 듯한 섬네일이었다. 어두컴컴한 화면 속에 놓인 계단, 작은 창문으로 들어오는 희끄무레한 빛. 현서는 저도 모르게 영상이 찍힌 날짜를 확인했다. 며칠 전이었다. 재생을 누르자 흔들리는 화면 속에서 익숙한 목소리가 흘러나왔다.

"제가 언제 쳤어요? 할머니가 절 잡으려고 했잖아요!"

준형의 목소리였다.

현서는 눈을 크게 뜨고 영상을 자세히 들여다보았다. 두 사람이 층계참에 서 있었다. 한 명은 준형이였고 또 한 명은 어떤 할머니였다. 둘이 티격태격하는 장면이 이어지더니 어느 순간 할머니가 갑자기 사라졌다. 격렬히 흔들리던 카메라가 난간 아래를 향했다. 바닥에 쓰러진 할머니, 그걸 바라보는 준형이의 뒷모습. 영상은 거기까지였다.

현서는 숨이 멎을 것 같아 후욱 하며 가슴을 크게 부풀렸다 숨을 내뱉었다. 지난 영상들을 다시 넘겨 보자, 준형이네 가족들이 모여 있는 걸 찍은 영상이 있었다.

"준형아. 아빠가 있는 한 그런 곳에 갈 일은 없어."

"소년원 가면 준형이 인생만이 아니라 우리 가족 다 끝장이라고!"

"그래서 두 눈 질끈 감자고?"

"은폐가 아니라 보호야!"

영상 속에서 준형의 부모님과 준형이 심각한 얼굴로 대화를 주고받고 있었다. 그들이 이야기하는 것이 점점 하나로 좁혀졌다.

아래층 할머니의 사고. 그리고 그걸 은폐하려는 계획.

갑자기 이 집이 너무 무섭게 느껴졌다. 머릿속이 뒤죽박죽으로 뒤엉켰다. 하지만 곧 현서의 손놀림이 분주해졌다.

"너 언제 왔냐?"

현서는 화들짝 놀라 핸드폰을 급히 테이블 아래로 내렸다.

"어! 좀 전에."

"그거 채원이 핸드폰 아냐? 네가 왜 그걸 가지고 있어?"

"아…… 채원이가 내 동영상을 찍길래 좀 봤어."

현서는 태연한 척하려 애쓰면서 핸드폰을 테이블 위에 올려 두었다.

"근데 우리 집엔 왜 온 거야?"

"아프다길래 와 봤다. 많이 아프냐?"

"그냥 몸살인가 봐."

준형은 현서가 온 게 반갑지 않은 듯 떨떠름한 기색이었다. 현서는 서운한 마음에 입을 다물었다. 어색한 침묵 속에서 초인종 소리가 울렸다. 인터폰 화면에 검은 뿔테 안경을 쓴 남자가 떠 있었다. 준형은 순간 당황했다.

"현서야. 미안한데 그만 가 줄래?"

"아, 그래. 푹 쉬어라."

현서는 현관 앞에서 들어오는 남자와 마주쳤다. 강 형사였다. 강 형사를 본 현서는 심장이 얼어붙는 것 같았다.

"놀러 왔구나."

강 형사가 현서를 알아봤다. 현서는 고개를 숙이고 허겁지겁 현관을 빠져나왔다.

25

준형이네 집을 나온 현서는 아파트 단지 안 놀이터로 갔다. 이대로 집에 갈 정신이 없을 만큼 혼란스러웠다. 벤치에 앉아 조금 전 채원이의 핸드폰에서 자신의 핸드폰으로 전송한 영상을 다시 한번 재생시켜 보았다. 아까 본 영상이 고스란히 흘러나왔다. 잘못 본 게 아니었다. 현서는 핸드폰을 꼭 쥐었다. 이제야 경찰이 학교까지 찾아온 이유를 알 것 같았다.

아래층 할머니는 준형과 말씨름을 하다 계단 아래로 떨어졌다. 하지만 현서가 큰 충격을 받은 건 바로 준형이 가족들의 태도였다. 준형이를 위해 채원이를 희생양으로 삼다니. 상상할 수도 없는 일이었다. 그런데 준형이네 아빠는 그게 합리적인 해결책이라는 듯 진지하게 말하고 있었다.

현서는 범죄 현장에 서 있는 듯 심장이 요동치는 걸 느꼈다. 영상 속 준형이 자신이 알고 있는 친구 준형이가 맞는지 의아했다. 준형이는 기본적으로 괜찮은 친구였다. 학교생활도 성실히 했고, 누군가와 싸우거나 문제를 일으킨 적도 없었다. 집이 너무 잘살아서 가끔 속이 뒤집히기는 했지만 그건 집안 형편이 좋지 못한 제 처지 때문이었다.

현서는 이제 이 영상을 어떻게 처리해야 할지 고민이었다. 경찰에 넘겨야 하나? 아니면 준형이를 위해 이대로 덮어야 하나? 정말로 준형이가 할머니를 밀어서 계단 아래로 떨어트린 걸까. 그래서 동생에게 뒤집어씌우려는 걸까. 도무지 감이 오지 않았다. 준형이 경찰에게 뭐라고 했는지는 몰라도, 모든 걸 사실대로 말하지는 않았을 거라는 예감이 들었다. 준형이네 가족들은 채원이가 이런 동영상을 찍었다는 사실을 모르는 게 분명하다. 이걸 준형이에게 보여 줘야 할까.

현서는 고개를 저었다. 자신이 이 동영상을 가지고 있다는 걸 알면 준형이는 분명 가만있지 않을 것이다. 친구 관계도 깨질 게 뻔했다. 어떻게 해야 할지 알 수 없었다. 현서는 곰곰이 생각에 잠겼다.

놀이터를 나섰을 때는 벌써 날이 저물고 있었다. 현서는 가로등이 하나둘씩 켜지기 시작한 거리를 따라 걸었다. 멀리 편의점이 보였다.

"엄마, 저 왔어요."
"어쩐 일이야?"

엄마가 계산대에서 손님을 응대하며 말했다.

"친구 집 갔다 들른 거예요. 할 일 있으면 거들게요."

"준형이네? 그 집은 별일 없대니? 요즘 준형이도 통 안 보이 더라."

"아프대요. 오늘 학교도 안 나왔어요."

"문병 갔다 오는 길이구나. 마침 잘됐다. 창고에 음료수들 쌓여 있는데 정리 좀 해 줄래? 요즘 아빠가 기력이 없는지 이 런 일도 바로바로 못 하는 거 있지."

엄마가 시무룩한 얼굴로 말했다. 현서는 음료수들을 냉장고 에 차곡차곡 채워 넣었다. 몸을 움직이자 무거웠던 머리가 조 금 가벼워진 느낌이 들었다.

가끔이지만 이 편의점이 너무 초라하다고 느낀 적이 있었 다. 준형이가 사는 고급 아파트가 부러워서 왜 우리 집은 준형 이네처럼 잘살지 못할까, 왜 저런 부자 할머니가 없을까, 하는 불만을 가진 적도 있었다. 그런데 사람 일은 아무도 모른다더 니, 예상치 못한 일로 준형이가 나락으로 떨어졌다. 어쩌면 준 형이는 지금 자신을 부러워하고 있을지도 모르겠다는 생각이 들었다.

26

강 형사가 다시 찾아왔을 때, 준형은 숨이 턱 막히는 기분이었다. 그날 할머니가 누군가와 다투는 소리를 들었다는 제보가 있다고 했다. 자신을 의심하고 있는 것 같았다. 어쩌면 벌써 용의선상에 올려 두었는지도 모른다.

강 형사는 수사에 필요하다며 컴퓨터와 핸드폰을 임의 제출할 것을 요구했다. 준형의 얼굴이 하얗게 질렸다.

"확인만 하고 돌려줄게. 협조해 주면 고맙겠다."

강 형사가 정중히 요청했다. 어쩔 수 없었다.

강 형사가 떠난 후, 준형은 소파에 앉아 머리를 감싸 쥐었다. CCTV가 없는 비상계단. 그래서 증거는 없을 거라고 믿었다. 방심했다. 낮말은 새가 듣고 밤말은 쥐가 듣는다더니, 그날 다툼을 들은 사람이 있었다는 게 허를 찔린 기분이었다.

방 안에서 뭘 하는지 채원이가 웃는 소리가 들렸다. 준형은 멍하니 채원이의 방 문을 바라보다가 불현듯 떠올렸다. 그날 현관문 앞에 서 있던 채원이를.

'혹시 채원이가 그날 뭔가 찍지 않았을까?'

채원이 핸드폰을 좀 살펴보고 싶었다. 준형은 소파에서 일어나 채원이의 방으로 갔다.

"채원아, 너 핸드폰 좀 보자."

그러나 앨범은 둘리와 엄마, 집 안이나 아파트 곳곳을 찍은 것들로 꽉 차 있었다. 그날 비상계단을 찍은 사진이나 영상은 없었다. 다행인지 불행인지 알 수 없었다. 차라리 그날 일이 채원이 핸드폰에 찍혀 있었다면 무슨 일이 일어났는지 명확히 알 수 있었을 텐데…….

채원이는 둘리와의 공놀이에 빠져 있었다. 깔깔대는 채원이를 보니 미안하다는 생각이 들면서도, 한편으로는 아무것도 모른 채 웃을 수 있는 게 행운처럼 느껴졌다. 아래층 할머니가 그렇게 되고 나서도 채원이는 고집을 부리며 비상계단으로 다니려 했다. 채원이는 그런 행동이 무엇을 의미하는지 모르는 아이였다. 만약 경찰이 동생이 범인일 가능성을 믿게 만든다면…….

27

　이튿날 현서는 복잡한 마음으로 학교에 갔다. 준형이를 어떤 얼굴로 마주해야 할지 알 수 없었다.

　"괜찮아?"

　현서는 준형의 눈치를 살피며 조심스럽게 물었다.

　"왜? 뭐가?"

　"어제 경찰 왔잖아. 아, 그 아저씨 나한테도 뭐 물어본다고 왔었거든."

　"뭐? 뭘 물어봤는데?"

　"아, 별거 없어. 엘리베이터에서 할머니 본 거 확인한 게 다야. 어제 너네 집에는 왜 왔는데?"

　"아, 나도 별거 아냐."

　준형이가 당황한 얼굴로 손을 저었다.

　"동생 때문에 온 거야."

　"채원이?"

"채원이가 비상계단으로 자주 다니거든. 그래서 할머니 본 적 있는지 물어보려고 왔나 봐. 근데 채원이가 할머니를 봤다 한들 도움이 되겠냐."

"하긴. 근데 아래층 할머니 일은 계속 조사하고 다니네?"

"그런가 봐. 경찰들이 괜히 헛수고하는 거지. 비상계단에서 일어난 일을 누가 알겠어? 목격자도 없고 CCTV도 없는데."

준형의 말에 현서는 내가 알아, 라는 말이 목구멍까지 치고 올라오는 것을 애써 삼켰다.

"헛수고가 아닐 수도 있지. 세상에 비밀이 어디 있어. 경찰들도 뭔가 짚이는 게 있는 거겠지. 할머니가 아파트 사람들하고 원수진 일이라도 있는 거 아닐까?"

"무슨 말이야?"

"영화 같은 데 많이 나오잖아. 사고로 위장해서 차로 친다거나 하는 거. 그래서 경찰들이 샅샅이 뒤지는 거 아닐까."

"너 꼭 뭐 아는 것처럼 말한다."

준형이 현서를 빤히 바라보며 말했다.

"무, 무슨. 내가 뭘 알아. 그냥 그럴 수도 있다는 거지."

현서는 놀란 나머지 자신도 모르게 버벅거렸다.

"아, 모르겠고 빨리 잠잠해졌으면 좋겠다."

"그러게."

현서가 열없이 대꾸했다.

"야 근데, 이긴 신짜 만약인데."

준형이 한참 뜸을 들이다 입을 열었다.

"어?"

"만약에 네가 사람을 다치게 하면 어떻게 할 것 같냐? 막 일부러 그런 게 아니라 실수로 그랬는데 심하게 다쳤다면."

현서는 순간 가슴이 철렁했다. 대답을 하기 전에 잠시 생각을 가다듬었다.

"그런 일은 없어야겠지만, 실수로라도 사람이 다쳤으면 책임져야지."

"아니, 그러니까 진짜 실수로 그런 거라면……."

준형은 뭔가 간절히 바라는 대답이 있는 것 같았다.

"나한텐 실수지만 다친 사람한텐 실수가 아니잖아. 실수라고 해서 그게 없던 일이 되는 것도 아니고. 미안하다고 백 번 빌어도 그 사람 상처는 안 없어지잖아. 아무리 실수였어도 그 사람한테 용서 빌고 떳떳이 죗값을 받아야 된다고 생각해. 안 그러면 나 자신이 용서가 안 될 것 같아."

현서의 말에 준형의 눈빛이 흔들렸다.

"그래, 그게 맞겠지."

준형이 힘없이 중얼거렸다.

익숙했던 준형의 얼굴과 태도, 말투가 이제는 낯설었다. 이렇게 쉽고 분명한 문제를 고민하는 준형을 보며 현서는 마음이 무거웠다. 채원이 찍은 동영상에 대해 이야기할까 하는 생각이 스쳤지만 아무래도 자신이 없었다.

영상을 몇 번이나 보고 나니 알 수 있었다. 준형이 얼마나 놀라고 당황했는지를. 흔들림이 많아 정확히 보이는 게 거의 없었지만 순간의 실수로 일어난 일이라는 생각이 들었다. 하지만 준형이 자신에게든 경찰에게든 이 일을 계속 숨긴다면 예전처럼 친구로 지낼 수는 없을 것이다. 그것만은 확고한 사실이었다. 친구의 비밀을 안다는 건 굉장히 괴로운 일이구나, 현서는 생각했다.

28

밤잠을 설친 준형은 학교에 조금 늦게 도착했다. 여느 때처럼 책상 서랍에서 책을 꺼내 놓는데, 반쯤 접힌 흰 종이가 눈에 들어왔다. 종이를 펼치자 검은 사인펜으로 이렇게 적혀 있었다.

그날의 진실을 알고 있어.
언제까지 숨길 거야?

심장이 엄청난 속도로 뛰기 시작했다. 손에 힘이 들어가서 종이가 구겨졌다. 뒤집어 보아도 그 문장 말곤 적힌 게 없었다. 장난이라기에는 기분 나쁜 내용이었다. 준형은 고개를 들어 주변을 돌아보았다. 그러나 교실 안 풍경은 평소와 다를 바 없었다.

'누가 이런 쪽지를 쓴 걸까? 설마…….'

준형은 교실에 앉아 있는 애들 얼굴을 하나하나 훑어보았다. 창가에 앉아 노트를 넘기는 애, 핸드폰을 몰래 들여다보는 애, 고개 숙이고 문제집을 푸는 애, 서로 마주 보며 낄낄대는 애들. 저 속에서 쪽지를 보낸 누군가가 지금 자신을 지켜보고 있을지 모른다.

'누굴까?'

준형은 특별히 사이가 나쁜 애가 없었다. 반장 김정우, 작년에도 같은 반이었지만 별로 친하진 않다. 유수린, 내성적인 성격이라 누구하고도 말을 잘 섞지 않는 애다. 오진영, 늘 나서기 좋아하지만 남을 모함하는 애는 아니다. 조은서, 우리 반 1등이다. 오로지 성적을 올리는 일 말고는 관심이 없는 애다. 그리고 김현서, 반에서 가장 친한 친구. 현서는 뒷담화 같은 걸 아주 싫어한다. 그런 애가 자신에게 이런 쪽지를 보낼 리 없다.

그렇다면 누굴까. 그날 일을 누가 알 수 있단 말인가. 자신이 사는 아파트 동에는 같은 반 애가 한 명도 없다. 갑자기 그날 식당에서 눈이 마주쳤던 서은아가 떠올랐다. 손끝이 떨리고 속이 울렁거렸다. 준형은 무의식적으로 그날 일을 멀리해 왔다. 계속 머릿속에서 지우려고 애썼다. 그러나 지워지기는커녕 점점 더 자신을 조여 오고 있었다.

준형은 점심시간에 급식실에 가지 않았다. 허기졌으나 아무것도 먹을 수 없었다. 교실을 나와 운동장으로 갔다. 운동장을 천천히 돌며 불안한 마음을 가라앉히려 했다. 운동장 한가운데서 아이들이 축구를 하고 있었다. 공이 날아갈 때마다 누군가는 달려가고 누군가는 힘껏 소리쳤다. 땀을 흘리며 뛰어노는 아이들의 얼굴에는 어떤 걱정도 없어 보였다.

저 애들에게도 비밀 하나쯤은 있겠지. 비밀이라고 해 봐야 고작 부모를 속여 용돈을 받아 냈다거나 짝사랑하는 여자애 문제, 아니면 친구들 간의 갈등 정도겠지. 자신의 비밀과는 하늘과 땅 차이였다. 공이 골대에 들어가 골망을 흔들자 우레와 같은 환호성이 울렸다. 골을 넣은 아이는 두 팔을 치켜들며 환하게 웃었고, 친구들이 몰려가 등을 두드리며 함께 기뻐했다. 그 모습이 낯설게 느껴졌다. 언제부턴가 운동장에서 뛰노는 시간이 사라졌다. 친구들과 웃고 떠들던 날들이 아득했다. 그날 이후로 항상 뭔가에 쫓기는 기분이었다.

그때 축구공이 준형의 발치로 굴러왔다. 누군가 소리쳤다.

"야! 공 좀 차 줘!"

준형은 그 공을 차지 않고 돌아섰다.

29

　밤이 되자 준형은 불안하고 초조한 마음으로 침대에 누웠다. 낮에 받은 쪽지가 머릿속을 맴돌았다. 한참을 뒤척여도 잠이 오지 않았다. 누가 그랬을까. 짐작 가는 사람이 아무도 없었다. 그날 일을 알 수 있는 사람이라고는……. 아니, 현서는 그럴 친구가 아니다. 이 사실을 부모님께 말해야 할지도 고민이었다. 준형은 이불을 뭉쳐 안았다. 이러면 힘든 마음이 조금 편안해졌다. 눈꺼풀이 점점 무거워졌다.

　계단 아래는 깊은 구덩이처럼 보였다. 누군가 자신을 부르는 소리가 들렸다.

"거기 누구 있어요?"

이번에는 아이들의 웅성거림이 들렸다.

"거기 누구 있냐고요!"

안개가 낀 듯 희부옇게 보이는 비상계단에는 아무도 없는데도 속삭임이 계속 들려왔다. 준형은 참지 못하고 고함을 지르며 주저앉았다. 그런 준형의 어깨를 누군가 툭 쳤다. 뒤돌아보니 반 아이들이 자신을 에워싸고 있었다. 아이들 사이에서 돌이 날아왔다. 한 개, 두 개, 순식간에 수없이 많은 돌이 날아왔다.

쿵!

계단이 무너지면서 준형은 구덩이 아래로 끝없이 떨어졌다.

"헉!"

준형은 숨을 헐떡이며 침대에서 벌떡 일어났다. 꿈이라고는 믿을 수 없을 만큼 생생해서 소름이 돋았다. 숨을 가다듬으려고 했으나 아직도 계단 아래에 있는 것만 같아 쉽사리 진정되지 않았다. 방 안을 둘러보니 익숙한 물건들이 그대로 놓여 있었다. 그제야 긴장이 조금 풀렸다. 준형은 침대에서 일어나 방을 나왔다.

냉장고에서 물을 꺼내 마시는데 주방으로 가까워지는 발소리가 들렸다.

"준형아, 여태 안 잤어?"

엄마였다.

"자다가 악몽 꿔서 깼어."

"이 땀 좀 봐…… 엄마도 통 잠을 못 자는데 넌 오죽하겠니."

엄마가 수건을 가져와 준형의 얼굴과 목에 난 땀을 닦아 주었다.

“요즘 학교에서는 별일 없니?”

준형은 마음이 철렁 내려앉는 것 같았지만 아무렇지 않은 척 대꾸했다.

“응, 없어.”

엄마가 한숨을 내쉬며 준형을 물끄러미 바라봤다.

“사실…… 모르겠어.”

“사람이 죄짓고는 두 발 뻗고 못 잔다더니 우리가 그런 것 같아. 엄마는 네 마음이 편치 않다는 거 알아. 많이 힘들지?”

엄마가 처음으로 자신의 마음을 알아주는 말을 건넸다. 준형은 고개를 끄덕였다. 실은 누군가에게 협박받고 있다고 말하고 싶었다. 학교에서 받은 쪽지 때문에 불안해서 숨이 막힌다고. 하지만 엄마에게 털어놓을 수가 없었다.

“근데…… 엄마는 어떻게 그렇게 태연해?”

“그래 보이니? 태연한 게 아니라 태연한 척하는 거야. 난 엄마잖아. 그래서 너한테 자수하라고 밀어붙이지도 못해.”

엄마가 쓴웃음을 지으며 말했다. 준형은 엄마의 말에 고개를 끄덕였다. 엄마의 말이 이상하게 슬펐다.

30

강 형사가 다녀간 뒤로 경찰에서는 아무 연락이 없었다. 너무 조용했다. 조용한 게 더 불안했다. 핸드폰과 노트북은 아직 돌려받지 못했다. 삭제된 카톡에 대해서도 질문이 없었다. 부암동 할머니는 준형이 핸드폰을 잃어버린 줄 알고 새로 사 주려 했지만 준형은 서랍 속에 처박혀 있던 공기계를 꺼냈다.

비상계단을 잊지 마.
정말 아무 일도 없었던 것처럼 살 수 있겠어?

편의점에서 산 유심을 끼워 넣자마자 짧은 진동과 함께 도착한 디엠이었다. 준형은 핸드폰을 떨어뜨릴 뻔했다. 두 번째 협박이었다. 머릿속이 감전된 듯 찌르르하면서 온몸에 소름이 돋았다. 서둘러 디엠을 보낸 계정에 들어가 봤더니 아무것도 없었다. 팔로잉도, 팔로워도, 게시물도.

비상계단이라는 말을 쓴 걸 보면 누군가 그날 일을 확실히 알고 있었다. 그것도 내 계정을 알고 있는 사람이. 등 뒤로 새까만 어둠이 몰려오는 것 같았다. 준형은 핸드폰을 쥔 채 주변을 둘러보았다.

'누구야! 누구냐고!'

교실에 있는 모두를 향해 소리치고 싶었다. 며칠 전에 꾼 꿈이 떠올랐다. 어쩌면 모두가 그날 일을 알고 있는데 그 사실을 자신만 눈치채지 못한 게 아닐까. 제발 장난이었으면. 내내 머릿속이 복잡해서 수업에 집중할 수 없었다.

점심시간이 되어 준형은 급식실로 향했다. 급식실은 언제나처럼 애들이 떠드는 소리로 소란스러웠다. 자신만 빼고 모든 게 평소와 다름없어 보였다.

"준형아, 많이 먹어라."

익숙한 목소리에 고개를 들자 배식 당번이 현서였다. 현서는 국을 퍼 주며 싱긋 웃었다. 그러나 준형은 그 웃음이 달갑지 않았다. 어쩐지 지금 자신의 처지를 조롱하는 것처럼 느껴졌다. 여느 때라면 무슨 대꾸라도 했을 텐데 아무 말도 하고 싶지 않았다.

준형은 평소에 앉는 자리에서 멀리 떨어져 앉았다. 애들과 거리를 두고 싶었다. 식판을 앞에 두고도 젓가락을 들지 않은 채 고개만 숙이고 있었다. 식욕은커녕 답답한 마음만 치밀어 한숨이 나왔다. 문득 고개를 드니 배식이 끝났는지 현서가 식판을 들고 자리에 앉는 모습이 보였다. 준형은 아까보다 고개를 더 깊이 숙였다.

'혹시 현서가……'

현서에게 먼저 물어볼까? 그러다 의심을 사면 어떡하지? 현서 앞에서 늘 자신만만하던 자신이 갑자기 작아지는 느낌이었다. 떳떳하지 못한 제 처지에 부끄러움이 들었다. 현서에게 다 털어놓을까 하는 생각도 해 봤지만 금방 관뒀다. 자신을 뭐라고 생각할지 뻔했다. 현서는 자기 생각이 확실하고 좀 고지식한 면이 있으니까.

'잘못했으면 벌 받는 게 당연한 거 아니야? 거짓말로 세상을 속일 수는 있어도 자기 자신은 속일 수 없다고.'

현서는 이런 충고부터 할 녀석이었다.

준형은 학교에 가는 게 점점 무서워졌다. 서랍 안에 손을 넣을 때마다 또 쪽지가 있을까 봐 심장이 미친 듯이 요동쳤다. 손끝에 세 번째 쪽지가 닿았을 때는 꺼내 보는 것조차 두려웠다. 그러나 그 쪽지는 아무것도 적혀 있지 않은 빈 종이였다. 이제 자신을 협박하다 못해 놀리고 있었다.

점심을 먹은 후 준형은 복도에 있는 사물함으로 갔다. 5교시 미술 수업 준비물을 꺼내기 위해서였다. 점심시간이 끝나지 않아 복도엔 아직 아이들이 삼삼오오 모여 웃고 떠들고 있었다. 준형은 그들을 지나쳐 제 사물함을 열었다. 그리고 발견했다. 사물함 안에 놓여 있는 쪽지 하나를. 심장이 툭 하고 내려앉았다. 쪽지를 집어 드는 손이 바르르 떨렸다. 쪽지를 펼치자 검은 사인펜으로 또박또박 적힌 글씨가 눈에 들어왔다.

세상에 완벽한 비밀은 없어. 완벽한 거짓말도.
언제 진실을 말할 거야?

유령 같은 존재에 준형은 공포감을 느꼈다. 누군지 모를 이 자식은 자신을 노리는 게 분명했다. 어떤 대가나 거래를 원하는 게 아니었다. 진실을 말하라는 것, 오로지 그것만을 요구하는 협박이었다. 저도 모르게 손에 힘이 들어가 쪽지가 구겨졌다. 문득 얼굴 하나가 머릿속을 스쳤다.

현서…….

요즘 들어 현서가 자신을 피한다는 느낌이 들었다. 예전처럼 점심을 같이 먹거나 집까지 함께 가는 일이 좀처럼 없었다. 물론 자신이 뾰족하게 굴기는 했지만 꼭 그것 때문만은 아닌 것 같았다. 현서는 평소처럼 말을 걸면서도 준형의 눈치를 살폈고, 자꾸 속내를 떠보는 듯한 묘한 말들을 했다.

준형은 창가에 앉아 있는 현서를 돌아보았다. 눈이 마주치자 현서가 고개를 돌렸나. 어쩌면 현서가 그날 일을 알고 있을지도 모른다는 의심이 점점 더 확신으로 번졌다.

현서는 친구들 중에 유일하게 채원이의 존재를 알 만큼 가까운 사이지만, 아무리 생각해 봐도 아래층 할머니 사건을 속속들이 알고 있는 건 현서뿐이었다. 게다가 그날 현서는 우리 집에 함께 있었다. 아래층 할머니를 비상계단에서 마주치기 직전까지.

설마…… 현서가 정말 뭔가 본 걸까? 자꾸 수상한 말을 하는 건 그래서인가? 하나하나 생각하다 보니 현서가 자신을 보는 눈빛도 예전과는 다르게 느껴졌다. 하지만 그날 현서는 분명 집에 간다고 엘리베이터를 타고 내려갔다. 그날 일을 대체 어떻게 알았을까?

짐작 가는 게 없는 건 아니다. 현서가 집에 불쑥 찾아온 날, 거실에서 채원이의 핸드폰을 들여다보고 있던 게 계속 마음에 걸렸다. 화들짝 놀라던 현서의 모습도.

어쩌면 현서는 자신의 비밀을 세상에 폭로할 준비를 하고 있는지도 모른다. 그렇다면 승부수를 던져야 했다.

31

다음 날, 준형은 현서를 운동장으로 불러냈다. 둘은 점심을 먹은 후 운동장 구석에 놓인 벤치에 앉았다. 준형은 현서를 냉랭한 눈빛으로 쏘아보며 핸드폰을 만지작거렸다.

"왜, 무슨 말 하려고 불렀는데."

현서는 조금 긴장한 기색이었다.

"현서야…… 너 내 친구 맞냐?"

"무슨 말이 그러냐."

"요즘 누가 날 협박하고 있거든. 근데 이상하게 그게 너라는 생각이 들어서."

준형이 낮은 목소리로 말했다. 현서는 말없이 고개를 숙인 채 운동화 끝으로 땅을 툭툭 쳤다. 생각에 잠긴 듯했던 현서가 고개를 들었다.

"협박…… 그래, 맞아. 내가 그랬어."

현서는 자신이 쪽지를 보냈다는 걸 담담히 인정했다. 준형

은 누군가 제 뒷머리를 몽둥이로 후려친 것만 같은 충격을 느
꼈다. 마치 꽁꽁 언 호수에 맨몸으로 내던져진 느낌이었다. 절
친한테 협박받았다는 게 믿기지 않았다. 준형은 잠시 하늘을
올려다보았다.

“네가 무슨 생각을 하는지 모르겠지만 그날 난 아무것도 안
했어.”

“아무것도 안 했으면 왜 네 행동을 숨기고 거짓말하는 건
데?”

“하…… 너 뭐, 경찰에 신고라도 하게?”

“신고하려고 했으면 애초에 너한테 이런 쪽지 보내지도 않
았어. 난 너한테 기회를 주고 싶었어.”

“아, 존나 어이없네. 네가 뭔데 나한테 기회를 준다는 거야?
너 증거 있어?”

“증거? 증거가 없으면 있었던 일도 없어지냐?”

그 말에 준형은 답할 수 없었다.

“한번 거짓말을 하면 그 거짓말을 감추려고 또 다른 거짓말
을 해야 하더라. 네가 할머니를 밀어 버린 게 아니라면 오히려
그걸 밝히기 위해서라도 자수해야 해.”

“위하는 척 말은 잘하네. 너 그동안 무슨 생각 했냐? 사람 혼
수상태에 빠트린 놈이 버젓이 학교 오는 거 보면서 무슨 생각
했냐고! 혹시 내 불행이 고소했던 거 아냐? 내 꼴 보면서 위로

라도 받았냐고! 넌 내 인생이 망했으면 좋겠지? 그런다고 네 인생이 나아질 것 같아?”

“너 그딴 식으로 말할래? 친구니까 그런 거야, 친구라서! 난 네가 최소한 자기가 싼 똥은 치우는 인간인 줄 알았다. 근데 넌 그냥 겁쟁이에 찌질이였어. 그런 널 보는 내 기분이 어떨 것 같냐? 차라리 이 사실을 몰랐으면 좋았을걸! 두 눈 딱 감고 널 이해해 보려고 해도 안 되더라. 사람이 어떻게 그러냐? 사고 친 놈은 따로 있는데 왜 내가 고통을 받아야 되냐고!”

“야, 너라고 다를 줄 알아? 똑같은 상황 돼 봐, 너 아무것도 못 해! 네가 나라도 그 상황에서 솔직할 수 있을 것 같아? 너 자신 있어?”

“나는 내가 싼 똥은 치우는 인간이야.”

현서가 단호하게 말했다.

“지금 난 네가 아니어도 숨이 턱턱 막혀. 할머니를 민 기억도 없는데 인생 망할 판이라고! 그건 진짜 실수였다고! 미치겠네, 진짜!”

“그럼 뭘 망설여. 오히려 네가 아니라는 사실을 증명해야지. 이렇게 숨기면 진짜 범죄자가 되는 거야. 정말 아무 일도 없었던 것처럼 살 수 있을 것 같아? 인생 그렇게 살고 싶냐?”

현서가 차갑게 내뱉는 말에 준형은 가슴속 어딘가가 무너져 내리는 것 같았다. 준형은 돌연 현서의 어깨를 손으로 꽉

잡았다.

"너 같은 놈을 친구라고 생각한 내가 등신이지. 난 친구는 너만 있으면 된다고 생각했어. 네가 진짜 내 친구가 맞냐?"

준형이 눈시울이 붉어진 채 소리쳤다.

"왜, 한 대 치게? 쳐! 쳐서 네 마음이 편해질 것 같으면 쳐라!"

현서가 준형에게 얼굴을 들이밀며 말했다. 준형은 주먹을 치켜들었지만 차마 현서를 치지 못하고 손을 내렸다.

"내 앞에서 꺼져 버려."

가장 가까운 사람이 적이라더니, 현서가 이런 말들을 쏟아 낼 줄은 몰랐다. 아니다. 현서는 그날 일을 알았더라면 언제고 이렇게 말했을 것이다. 하지만 머릿속으로 아는 것과 실제로 듣는 것은 달랐다. 혹독하게 아프고 괴로웠다. 준형에게는 이제 방어할 패가 없었다.

32

수업 종이 울렸다. 체육복으로 갈아입은 반 아이들이 운동
장으로 나갔다. 준형은 교실에 혼자 덩그러니 남았다. 몸이 안
좋다는 핑계로 수업을 빠졌다. 아니, 몸은 괜찮았지만 마음이
힘들었다. 준형은 이제까지 한 번도 현서와 다툰 적이 없었다.
친구들과 얼굴을 마주하기도 싫었고, 그들이 건네는 말을 듣
기도 싫었다.

문득 지난 수학 시험이 떠올랐다. 문제가 까다롭고 어려워
서 망치고 말았던 시험. 집에서는 성적에 신경 쓰지 말라고 했
지만 스스로 용납이 되지 않았다. 무엇보다 좋은 성적으로 부
암동 할머니를 기쁘게 해 드리고 싶었다. 어릴 적 엄마 대신
운동회에 와 준 사람, 채원이와 다툼이 생길 때면 무조건 자신
을 감싸 주던 사람에게 준형이 줄 수 있는 기쁨은 성적표뿐이
었다. 그런데 이런 점수를 받다니.

할머니를 생각하면 항상 알 수 없는 무게감이 자신을 짓눌

렀다. 아빠 때문일까? 아빠는 늘 할머니를 실망시키지 말라고 했다. 그런 말을 들을 때면 아빠의 자리를 자신이 메꾸고 있다는 생각이 들어서 우울했다. 그날도 그랬다.

"시험 잘 봤냐?"

현서가 준형에게 다가와 물었다.

"망했어."

"너 지금 그것 때문에 죽상 하고 있냐."

"개빡세게 공부했는데 90점도 못 넘겼다고."

"뭐야, 80점대라는 거네. 장난하냐. 난 완전 망했어. 아오! 야, 여기서 이러지 말고 게임이나 하러 가자."

"우리 집 가자고?"

"아니, 그 게임 말고."

현서는 가방을 메고 교실을 뛰쳐나갔다. 준형도 현서를 따라 무작정 교실을 나왔다.

"야! 어디 가!"

"이 형님만 따라와라."

그날 둘은 시험 스트레스도 날릴 겸 홍대로 갔다. 거리를 실컷 쏘다니다가 보드게임 카페에 들어갔다. 세련된 조명 아래 아늑한 테이블들이 눈에 들어왔다. 선반을 가득 채운 보드게임들을 구경하다가 구석에 자리를 잡고 앉았다. 루미큐브로 시작해 클루, 스플렌더까지 하나씩 깨 나가며 시간 가는 줄 모

르고 게임을 했다. 어느새 테이블 위는 게임 박스와 점수 기록
지, 과자 부스러기로 어지러웠다. 나중에는 옆 테이블 사람들
과도 게임을 했다. 작전을 짜고 이기고 지기를 반복하는 동안
둘은 호흡이 딱딱 맞았다. 그야말로 환상의 짝패였다. 준형은
현서와 하이 파이브를 하며 생각했다. 나중에 뭘 하든 현서와
같이 하면 성공할 것 같다고.

보드게임 카페를 나오니 출출했다. 둘은 분식집에 들어가
이것저것 잔뜩 시켜 놓고 배가 터지도록 먹었다.

"오늘 시험 개어려워서 다른 애들도 다 망했을걸?"

현서의 말에 준형이 킥킥대며 대꾸했다.

"아, 진짜 다 망했으면!"

분식집에서 나와 코인 노래방에도 갔다. 작은 방 안에서 교
복 셔츠가 땀에 젖도록 열심히 노래를 부르고 탬버린을 흔들
었다. 준형이 발라드를 부를 때 현서가 소리쳤다.

"나한테 고백하지 말라고!"

"미친놈 아냐!"

노래는 엉망이었지만 웃음소리가 끊이지 않았다. 그날 마지
막으로 간 곳은 즉석 사진관이었다.

"야, 이거 여자애들만 오는 데 아니냐?"

"아, 무슨. 너 애들이랑 인생네컷 안 찍어 봤냐?"

처음에는 번쩍이는 조명에 좀처럼 익숙해지지 않았고, 어떤

포즈로 찍어야 할지 몰라 어색하기만 했다.

“야야, 포즈 좀 잡아 봐라.”

둘은 만화 캐릭터나 쓸 법한 특이한 안경을 써 보기도 하고 토끼 귀 머리띠를 써 보기도 하면서 낄낄댔다. 그날 처음으로 준형은 현서에게 아무런 이질감도 느끼지 못했다.

“이거 삼십 년 후에 보면 웃기겠다.”

“그때는 대머리일지도.”

준형은 그날 서로의 우정이 영원할 거라고 믿었다.

현서는 준형이 집에 데리고 간 유일한 친구였다. 준형은 자폐인 여동생이 있다는 사실을 알리기 싫어 친구들을 집으로 데려오지 않았다. 그러나 현서에게는 다 보여 줘도 괜찮을 것 같았다.

현서가 채원이를 처음 마주쳤던 날, 현서는 채원이에게 거부감을 보이지 않았다. 채원이를 늘 피곤해하는 자신과 달리, 채원이를 자연스럽게 대하는 것을 넘어 뭔가 통하는 점이 있는 것 같았다. 그건 현서가 사람을 편하게 해 주는 성격이어서 그런지도 모른다. 준형이 친하지도 않던 현서에게 복면가왕에 같이 나가자고 할 수 있었던 것도 바로 그런 현서의 성격 때문이었으니까.

준형은 현서를 믿었다. 자신이 잘못을 저질러도 처음에는 충고를 늘어놓겠지만 결국에는 제 편을 들어 줄 거라 생각했

다. 그랬던 만큼, 최후의 보루가 사라진 느낌을 지울 수가 없었
다. 어쩌면 준형은 현서에게 꽤 많은 부분을 의지하고 있었는
지도 모른다. 이 사실을 부모님께 말해야 할까. 말한다 한들 해
결책을 찾을 수 있을까.

준형은 창가로 가서 운동장을 내려다보았다. 체육복을 입은
현서가 보였다. 점심시간이면 운동장에서 함께 축구를 하거나
게임을 했다. 시시껄렁한 이야기에 깔깔대며 하루를 보내고,
시험 기간에는 나란히 앉아 늦게까지 공부했다. 그땐 정말 편
했다. 현서는 친하다고 말을 함부로 하지도 않았고, 다른 애들
처럼 괜한 허세를 부리지도 않았다. 그저 옆에서 웃으며 함께
걸어 주던 친구였다. 하지만 지금 현서는 다른 누구보다 더 자
신을 비난하는 사람이 되었다.

언제부터였을까, 둘 사이에 벽이 생긴 건.

아래층 할머니 일을 알고 나서부터였을까. 아니, 어쩌면 그
보다 더 전부터 어긋나고 있었는지 모른다. 벽을 세운 것도 자
신일지 모른다. 하지만 아무리 생각해도 현서에게 나쁜 짓을
한 기억은 없었다. 뭘 살 때는 항상 현서네 편의점에 갔고, 군
것질을 하거나 PC방에 가면 주머니 사정이 빤한 현서 대신 돈
을 낸 적도 많았다. 제 자전거도 현서에게 주었다. 현서에게 잘
해 주려고 노력했고 또 잘해 줬다고 생각했다. 그런데도 현서
가 자신의 약점을 볼모 삼아 협박하고 있는 상황이 이해가 되

지 않았다.

‘현서야, 내가 너한테 뭘 그렇게 잘못했니?’

준형은 현서를 보며 속으로 중얼거렸다.

현서의 말을 곧이곧대로 받아들이기가 힘들었다. 자신의 행동이 백 번 천 번 잘못이라고 쳐도 그건 현서가 결정할 일이 아니었다. 사죄를 한다면 아래층 할머니에게 해야 할 일이었고, 벌을 받는다면 경찰이 판단할 일이었다. 쪽지로 협박하는 대신 차라리 처음부터 솔직하게 물어봤다면 이렇게까지 배신감이 들지는 않았을 것이다. 준형은 운동장을 물끄러미 응시했다.

33

　교실로 돌아온 현서는 준형이 자신에게 쏟아부은 말 때문에 수업에 집중할 수가 없었다. 선생님의 목소리가 마치 물속에서 들리는 듯 먹먹했다. 교과서의 글자들도 눈에 들어오지 않았다.

"난 아무 짓도 안 했어!"

　준형은 절규하듯이 외쳤다. 처음에는 준형이가 왜 그토록 격렬하게 화를 내는지 이해할 수 없었다. 지금 화를 낼 사람은 준형이 아니었다. 그러나 곰곰이 생각해 보니, 준형의 말마따나 자신이 한 일은 협박이나 마찬가지였다. 얼굴 보고 말하기가 어려워서 쪽지를 써 넣고 디엠을 보낸 것이었는데, 누군지도 모르는 사람에게서 그런 걸 받은 준형이 입장에서는 무서웠을 게 분명했다.

　현서는 한숨을 삼키며 마른세수를 했다. 차라리 그냥 말로 할걸. 자신이 무슨 자격으로 진실을 말하라며 준형을 몰아세

울 수 있단 말인가

현서는 스스로에게 몇 번이고 되물었다. 정말 준형이 빨리 자수하기를 바라는 마음뿐이었는지. 혹시 준형이 말처럼 남의 불행으로 위안 삼은 건 아닌지. 완벽해 보이는 친구의 불행에 작은 안도감을 느낀 건 아니었는지. 하지만 준형의 상황에 어떤 위안을 받았다 하더라도, 그런 감정은 결코 오래가지 않았다. 남의 불행을 들여다본 뒤 남은 건 똑같은 무게감이었다.

처음 쪽지를 넣어 둘 때만 해도 현서에게는 확신이 있었다. 채원이에게 뒤집어씌우려던 걸 보면 준형이 할머니를 민 게 맞다고 생각했다. 그렇지 않고서야 그런 무서운 짓까지 상상할 수는 없을 것 같았고, 영상 속에서 준형은 분명 할머니와 다투고 있었으니까.

그러나 막상 준형의 절망적인 얼굴을 보자 어쩌면 그게 사실이 아닌지도 모르겠다는 생각이 들었다. 수업 종이 울렸지만 그 소리도 잘 들리지 않았다. 돌덩어리를 올려놓은 듯 마음이 무거웠다. 준형이 말이 맞다. 의도가 어쨌든 자신은 준형의 약점을 들추고 모멸감을 주었다. 준형은 그런 자신에게 서운함과 분노를 느꼈을 것이다. 준형이 느꼈을 배신감이 어떤 것인지 조금은 알 것 같았다.

문구점에서 볼펜을 훔치던 날의 기억이 다시금 떠올랐다. 그 볼펜을 볼 때마다 느꼈던 부끄러움과 죄책감도. 어쩌면 준

형이 역시 자신이 느꼈던 것과 같은 고통을 겪고 있을지 몰랐
다. 훔친 걸 들키면 경찰에 잡혀갈지도 모른다고 두려워했던
어린 날의 자신처럼, 그래서 문구점 주인에게 사과하고 볼펜
을 돌려주는 대신 몰래 놓고 나왔던 어린 날의 자신처럼, 준형
이도 두려움에 자수할 용기를 못 내고 있는 건 아닐까.

34

준형은 자신이 섬처럼 느껴졌다. 현서와 싸운 뒤로 내내 우울했다. 반 아이들이 전부 자신을 주시하고 있는 것 같아 신경이 닳는 기분이었다. 어디서부터 잘못된 걸까. 밤이면 한참 뒤척이다 겨우 잠들었고, 그렇게 잠들어도 꿈에 아래층 할머니가 나타나 결코 깊은 잠을 이룰 수 없었다.

"왜 그랬니?"

어둠 속에서 그런 말이 들릴 때면 사죄를 하기도 했다. 그러나 할머니는 말없이 멀어져 갈 뿐이었다.

다시 아침이 되면 할머니가 혼수상태에서 깨어날까 봐, 아니 할머니가 그대로 돌아가실까 봐 조마조마했다. 집에서도 학교에서도 아무 일 없었던 것처럼 행동하려고 애썼지만 그런 하루가 반복될수록 준형은 점점 더 지쳐 갔다. 처음에는 입만 다물고 있으면 될 일이라고 생각했는데, 모든 게 생각과는 점점 다르게 흘러갔다.

‘그때 바로 신고하는 게 나았을까? 이제 와서 사실대로 말해 봤자 아무도 믿어 주지 않겠지?’

갈피를 잡을 수 없는 생각들로 머릿속이 혼란스러웠다. 준형은 어떤 변명도 자신을 구해 주지 못한다는 것을 알았다. 결국 자신이 저지른 잘못만이 그대로 남아 있었다. 그때는 정말 이렇게 될 줄 몰랐다.

“한준형. 수업 중에 뭐 하니?”

담임 선생님의 목소리가 불쑥 귓전에 꽂혔다. 정신을 차리고 보니 노트에 아무 의미 없는 낙서를 끄적이고 있었다.

“죄송합니다.”

준형이 작은 소리로 대답하고는 고개를 숙였다. 담임이 요즘 자신을 주시하고 있다는 걸 알았다. 지각도 잦았고, 수업 태도도 수행 평가 점수도 엉망이었다.

“준형이는 수업 끝나고 잠깐 교무실로 와.”

담임이 못마땅한 표정으로 말했다. 예상은 비껴가지 않았다.

어쩌다 이렇게까지 됐을까. 불과 한 달 전만 해도 상상할 수 없던 일이었다. 평온한 일상은 깨지고 지옥 같은 날들이 계속되고 있었다. 시간을 되돌릴 수만 있다면 준형은 할머니에게 무릎을 꿇고서라도 잘못을 빌고 싶었다. 한순간의 호기심과 교만함, 그리고 어리석음이 자신을 이렇게 만들고 말았다.

35

담임 선생님은 누군가와 통화를 하고 있었다. 준형이 다가가자 선생님은 의자를 끌어다 놓고 앉으라고 손짓했다. 준형이 자리에 앉자 통화가 끝났다.

"준형아, 너 요새 무슨 일 있니? 오늘 얘기 좀 해 보자."

준형은 무슨 말을 해야 할지 몰라 고개만 숙이고 있었다.

"혹시 집에 무슨 일 있니?"

"별일 없어요."

준형이 낮은 목소리로 말했다. 그 방어적인 태도를 감지한 듯 담임은 잠시 말이 없었다.

"어머니는 잘 지내시니?"

"네."

"네가 요즘 이러는 건 알고 계시고?"

"엄마는 저한테 신경 쓸 틈이 없는 사람이에요."

"그럴 리가 있나."

“동생 때문에 저한테는 관심이 없어요.”

“엄마가 동생한테만 신경 쓰는 게 힘드니?”

무슨 일인지 알아내고야 말겠다는 듯 담임이 집요하게 물었다.

“그냥 엄마랑 전 잘 안 맞아요.”

준형은 손톱을 만지작거리며 대답했다.

“원래 그래. 부모 자식이라도 성격 맞는 사람은 드물어.”

“그냥 제가 마음에 안 드는 거죠.”

준형은 머릿속에 떠오른 생각을 불쑥 말했다.

“아이 참, 말을 왜 그렇게 해. 동생한테 장애가 있다는 건 선생님도 알고 있어. 엄마가 왜 그러시는지 생각해 봤니?”

“그딴 건 엄마한테 물어보세요.”

준형은 동생 이야기가 나오자 짜증이 나서 예의를 지킬 생각도 없이 툭 내뱉었다. 담임은 한동안 말없이 준형을 바라보았다.

“혹시 경찰이 다녀간 일 때문에 그러니?”

담임이 생각지 못한 질문으로 방향을 틀었다. 준형은 가슴이 철렁 내려앉았다. 부정해야 하는데 선뜻 말이 나오지 않았다.

“그냥…… 그거랑은 상관없어요.”

“준형아, 원래 네 나이 때는 작은 일에도 마음 잡기가 참 어려워. 선생님도 어렸을 땐 방황을 굉장히 많이 했어. 넌 처음 들는 얘기겠지만 선생님 형이 사고로 눈을 다쳐서 시력을 잃었거든. 설상가상으로 집안 형편까지 기울면서 내가 크고 작은 사고를 많이 쳤지. 문제가 많았어. 지금 생각해 보면 그 시절 형은 시력을 잃었지만 나는 마음의 시력을 잃었던 것 같아."

뜻밖의 말이었다. 담임은 인생의 굴곡 같은 건 없는 사람처럼 보였는데.

"그때 날 붙잡아 준 게 친구였어. 친구가 곁을 지켜 준 덕분에 정신을 차릴 수 있었지. 지금 이 자리에 있는 것도 그 친구 덕분인 거야."

준형을 바라보는 담임의 눈빛이 의미심장했다. 지금 너도 그런 순간일지 모른다고, 말하지 않아도 괜찮다고, 하지만 네가 혼자가 아니라는 걸 알아차리라고 말하는 듯이.

그러나 담임은 틀렸다. 지금 준형에게 친구는 곁을 지켜 주는 사람이 아니라 자신을 벼랑 끝으로 몰고 가는 사람이었다. 가장 가까운 사람이 가장 큰 고통을 안겨 주고 있었다.

"선생님은 좋겠네요. 그런 친구도 있어서."

준형은 빈정거림과 부러움을 섞어 말했다.

"꼭 친구가 아니어도 돼. 선생님도 부모님도 언제나 널 지켜보잖아."

그것도 틀린 말이었다. 늘 옆에 서 있는 사람들 때문에 준형은 힘들 때가 많았다. 도대체 어른들은 언제까지 지켜본다는 말을 할 건지 궁금했다. 지켜보다가 제 입맛에 맞지 않으면 어떻게 하려는 걸까?

담임이 다시 말을 이어 갔다.

"선생님이 어릴 때 살던 집에는 왕거미가 많았어. 근데 왕거미란 놈이 진짜 이상한 게 밤에만 활동하고 해 뜰 무렵에는 거미집을 그대로 방치하고 숨어 버려. 낮 동안에는 바람 때문에 거미집이 꽤 많이 부서지는데, 신기한 게 뭔 줄 아니? 밤에 왕거미가 다시 나타나. 그리고 어떻게 하는 줄 알아? 부서진 거미줄을 입에 넣고 있다가 다시 새 거미줄을 뽑아내. 그럼 더 튼튼한 그물을 칠 수가 있어. 놀랍지 않니? 생각해 보면 사람도 그런 것 같아. 힘든 일이 있으면 그 일을 견디고 해결하면서 더 단단해지는 게 아닐까?"

"전 거미도 아니고 부서진 거미줄을 입에 넣을 수도 없는데요. 저기 선생님, 저 시간 다 된 것 같아요."

"아, 그래. 학원 가야 되지. 어서 가라."

담임과의 이야기가 길어졌다가는 버튼이 눌리고 말 것 같았다. 비겁하더라도 자리를 피하는 게 상책이었다.

36

준형은 학원에서 집에 돌아오자마자 컴퓨터를 켰다. 귀에 들어오지도 않는 수업에 집중하는 척하느라 피곤했고, 게임을 할 의욕 따위도 없었지만 아무 생각 없이 몰두할 게 필요했다.

함께 자주 플레이해 온 형과 팀을 먹고 게임을 하는데 형이 불쑥 소리쳤다.

"야, 너 지금 진짜 위기야. 정신 차려!"

준형은 깜짝 놀랐다. '위기.' 그 말이 이상하게 마음에 걸렸다. 그리고 그 순간, 게임 속 상황이 현실 위로 겹쳐지는 느낌이 들었다. 다른 팀원들은 모두 죽은 뒤였고 자기장은 계속 좁혀 오고 있었다. 두 가지 선택지가 있었다. 첫 번째는 위험을 감수하고 먼저 교전을 걸어 밀어붙이는 것, 두 번째는 상대 팀이 자기장에 녹기를 기다리면서 시간을 끄는 것. 형이 다시 말했다.

"어떡할래?"

준형은 손을 멈췄다. 결국 게임에서든 현실에서든 준형에게 주어진 선택지는 두 가지였다. 도망칠 것인가, 아니면 맞설 것인가. 무엇을 선택해야 할지 알 수 없었다. 리셋하고 처음부터 다시 시작하고 싶었다. 아니, 할 수만 있다면 이 게임에서 아예 빠지고 싶었다.

준형은 방 안에 홀로 앉아 있었다. 무거운 돌덩이 같은 감정이 계속 자신을 내리누르고 있었다. 처음에는 아무도 본 사람이 없으니 괜찮다고 생각했다. CCTV도 없었고, 증거도 없었다. 그래서 경찰이 찾아와 질문했을 때도 침착할 수 있었다. 그러나 시간이 지날수록 불안함은 점점 더 커지기만 했고, 이제는 끔찍한 죄책감으로 변해 버렸다.

'나 때문에 사람이 혼수상태에 빠졌어. 죽을지도 몰라.'

부정하려 애썼지만 결과는 너무나도 또렷했다. 더구나 절친이던 친구까지 그 사실을 알게 되었다. 준형은 이제 현서마저 잃을 상황이었다. 친구이면서도 제 편을 들어 주지 않는 현서에게 원망과 배신감을 느꼈지만, 사실은 알고 있었다. 편을 들어 줄 문제가 아니라는 걸. 알아서 더 괴로웠다. 제 곁에는 이제 아무도 없는 것 같았다.

핸드폰이 짧게 진동했다. 현서의 메시지였다. 준형은 망설였다. 이번엔 또 무슨 협박을 하려는 걸까. 이미 모든 걸 알고 있는 현서였다. 여기서 무슨 말을 더 한들 달라질 것도 없었다.

준형은 카톡을 열었다

준형아, 내가 잘못 행동한 것 같다. 이 영상은 어쩌면 네가 밀지 않았다는 증거가 될 수도 있어. 경찰이 아는 건 시간문제야. 그러기 전에 네가 먼저 용기를 냈으면 좋겠다. 처음에는 네 행동을 이해할 수 없었지만, 똑같은 상황이었다면 나도 너처럼 행동했을지 몰라. 누구나 잘못을 해. 하지만 잘못을 인정하는 건 용기야. 난 네가 분명히 용기를 낼 거라고 믿어. 너의 결정을 기다릴게.

준형은 덜덜 떨리는 손으로 동영상을 재생했다. 흔들리는 화면 속의 비상계단과 아득하게만 들리는 자신의 목소리. 차마 끝까지 볼 수가 없었다. 머릿속에서 그날의 소리가 생생하게 되살아났다. 둔탁한 충격음, 짧은 비명, 잇따른 정적까지도. 당장이라도 삭제 버튼을 누르고 싶었다. 하지만 준형은 알고 있었다. 영상을 지운다고 해서 그날의 일이 말끔히 지워지지 않으리라는 것을.

"아나나 아나나 아나나."

조용해진 방 안으로 채원이의 목소리가 건너왔다. 그 목소리가 정적을 덮어 버렸다. 채원이가 이 영상을 찍었으니 당연히 그 광경을 봤겠지. 뭐라고 생각할까? 알 수 없는 일이었다. 아마 앞으로도 알 수 없을 것이다.

준형은 그동안 채원이를 제대로 본 적이 없었다. 늘 보살핌을 받아야 하는 장애를 가진 동생, 엄마의 관심을 온통 차지하는 존재, 자신이 받아야 할 애정까지 가져가 버리는 아이. 그렇게만 생각했었다. 준형은 채원이의 생각을 궁금해한 것이 아주 오랜만이라는 걸 알아차렸다. 채원이가 무엇을 좋아하고 힘들어하는지, 어떤 생각을 하는지 진지하게 물은 적이 있었던가? 준형은 같은 행동을 되풀이하는 채원을 복사기라고 부르며 한심해했고, 자신이 채원이보다 우월한 존재라고 믿어 의심치 않았다. 그러나 지금 한심하기 짝이 없는 사람은 다른 누구도 아닌 바로 자신이었다.

채원이의 목소리가 또다시 들려왔다. 그 소리가 준형의 가슴을 후벼 팠다.

준형은 문을 열었다. 채원이가 거실에 앉아 레고 블록을 만지작거리는 모습이 보였다. 채원이는 오직 블록에 집중할 뿐, 준형이 문을 열든 뭘 하든 신경 쓰지 않았다. 그날도 그랬을 것이다. 채원이는 평소처럼 비상계단을 서성이다 할머니와 준형이 다투는 모습을 봤을 테고, 별 생각 없이 핸드폰을 꺼내 들었을 것이다. 그저 자신의 눈앞에 보이는 걸 찍기 위해서.

준형은 문득 깨달았다. 채원이는 거짓말을 못 한다는 것을.

아니, 안 한다는 것을. 서슷발이라는 개념 자체가 채원이에게
는 없었다. 판단도, 평가도, 비난도 없었다. 그저 보이는 대로
볼 뿐이었다. 준형은 이제야 채원이를 조금 이해할 수 있을 것
같았다. 지금 이 순간 채원이야말로 세상에서 가장 자유로운
나비처럼 느껴졌다.

준형은 그날 자신이 아무 짓도 하지 않았다고 생각했지만 한
사람을 의식 불명 상태로 만들었고, 가족을 망가뜨렸고, 친구
의 신뢰를 잃었다. 심지어 동생에게 제 잘못을 뒤집어씌우는,
다른 어떤 것보다 끔찍한 가해를 저지를 뻔했다. 단지 법적 처
분을 받고 안 받고의 문제가 아니었다. 진실이 밝혀진다고 해
서 모든 게 제자리로 돌아오는 것도 아니었다. 이제까지 제 행
동이 얼마나 형편없었는지 점점 또렷해졌다.

준형은 자신도 모르게 두 눈을 감았다. 지난 한 달간의 시간
에 종지부를 찍어야 할 사람은 자신뿐이었다. 할머니도, 부모
님도, 그 누구도 자신을 대신해 살아 줄 수는 없었다.

37

준형은 밤새 열병을 앓는 사람처럼 잠을 이루지 못했다. 자다 깨기를 반복하며 꿈속을 헤맸다. 현서가 나오기도 했고 아래층 할머니가 나오기도 했다. 채원이도 나와 자신에게 무슨 말을 했던 것 같다. 채원이의 말은 꿈에서도 알아들을 수 없었다.

눈앞에 끝없는 사막이 펼쳐져 있었다. 모래가 불에 담근 쇠처럼 뜨거웠다. 어딘가에 오아시스가 있을 거라는 생각으로 걸었지만 아무것도 보이지 않았다. 목이 탔다. 발걸음은 무겁고 걸음걸이는 비틀거렸다. 숨이 막힐 것 같았다. 사막에는 아무도 없이 오직 준형 홀로 서 있었다. 어디로 가야 하는지도 알 수 없었다. 불현듯 누군가의 목소리가 들렸다.

"넌 지금 어디로 가고 있니?"

뒤돌아보니 아래층 할머니가 등 뒤에 바짝 따라붙고 있었다. 소리를 지르고 싶었으나 소리가 나오지 않았다. 자신이 점점 쪼그라들고 있었다.

"준형아……."

또다시 누군가 부르는 소리가 들렸다. 준형은 어느새 비상 계단에 있었다.

"준형아, 너 왜 그랬니?"

사방의 벽이 자신을 향해 좁혀 들고 있었다. 겁이 나서 온몸이 덜덜 떨렸다.

"할머니, 죄송해요. 거짓말할 생각은 없었어요. 이렇게 될 줄 몰랐어요. 전부 제 잘못이에요. 할머니를 거기 그렇게 두면 안 됐는데…… 정말 죄송해요. 잘못했어요, 할머니……."

준형은 바닥에 무릎을 꿇고 앉아 자신의 죄를 고백하고 진심으로 용서를 빌었다. 할머니는 준형을 물끄러미 바라보았다. 화를 내지도, 추궁을 하지도 않았다. 그저 조용히 응시할 뿐이었다. 어느 순간인가 할머니는 사라지고 그 자리에 채원이 서 있었다. 준형은 채원이에게도 말했다. 미안하다고, 잘못했다고. 가장 두려웠던 시간이 지나가고 있었다.

눈을 뜨자 새벽 여섯 시였다. 기나긴 밤이었다.

아침이 되자 준형은 안방 문을 조용히 두들긴 후 안으로 들어갔다.

"준형아, 무슨 일이야?"

아빠가 염려 섞인 목소리로 물었다. 기도를 하고 있었던 듯 바닥에 무릎을 꿇고 앉은 엄마가 눈치를 살피듯 준형의 얼굴을 흘긋 바라봤다. 준형은 잠시 망설이다 입을 열었다.

"······오늘 경찰서에 가려고."

"그게 무슨 소리야?"

엄마가 들고 있던 묵주를 떨어뜨리며 눈을 크게 떴다.

"왜, 준형아. 무슨 일 있어?"

아빠가 표정을 굳히며 물었다.

"더 이상 숨기는 게 힘들어요."

"힘들다니 뭐가? 아직 밝혀진 것도 없는데······."

"현서가······ 비상계단에서 찍힌 영상을 가지고 있어요."

"세상에!"

엄마는 손으로 입을 틀어막으며 어쩔 줄 몰라 했다.

"그 애가 어떻게 영상을······."

"찍은 건 채원이예요. 그걸 현서가 보게 된 거고요."

아빠는 한동안 말을 잇지 못했고, 엄마는 급기야 눈물을 흘리기 시작했다. 잠시 후 아빠가 입을 열었다.

"그 애한테 영상을 달라고 해. 우리가 알아서 처리할게. 그 영상만 내놓으면 뭐든 원하는 걸 준다고 해라. 엄마와 난 마지막 방법까지 생각해 뒀어. 마음 아프지만 채원이가 할머니와 부딪쳤다는 진술을 할 생각이다. 우리가 얼마나 힘들게 내린 결정인데, 이렇게 쉽게 끝낼 수는 없어."

"아뇨, 그러지 마세요. 이젠 다 필요 없어요. 거짓말을 계속하는 게 너무…… 힘들어요. 죄송해요. 더구나 채원이한테 뒤집어씌울 수는 없어요. 그렇게 하면 저는 평생 악몽에 시달릴 거예요."

준형의 말에 아빠는 깊은 한숨을 내쉬었다.

"너 왜 그리 맘이 약해진 거야?"

"이제 돌이킬 수 없는 것 같아요. 어쩌면 잘된 건지도 몰라요. 경찰에 동영상을 제출하면 그날의 진실을 알 수 있을 테니까요."

"경찰에서 다 네 탓이라고 하면 어쩌려고 그래."

엄마가 준형의 손을 맞잡으며 말했다. 근심이 가득한 얼굴이었다.

"제가 밀었다고 해도 상관없어요. 더는 아무렇지도 않은 척하는 게 힘들어요. 처음에 신고부터 했더라면……."

준형이 울먹거리며 말했다. 무섭고 겁이 나는 건 사실이었다. 하지만 자신의 결정을 속 시원히 말하고 나니 뭔가 가벼워진 기분이었다.

"준형아, 네가 그렇게 결심해 줘서 엄마는 고마워. 사실 엄마도 죄책감 때문에 마음이 너무 무거웠어. 뭔가 해야 한다고 생각은 했는데 네 미래를 생각하니까 어떻게 해야 할지 모르겠어서…… 너만 괜찮다면 엄마는 이제 두렵지 않아."

엄마가 준형을 끌어안아 주었다. 준형은 그동안 엄마의 말이 자신을 아프게도 하고 허기지게도 만들어 늘 서운했다. 그러나 지금 들은 말은 용기를 주었다. 엄마가 자신을 많이 아낀다는 게 느껴졌다.

38

"준형이가 경찰서에 가겠다는 거 정말일까?"

준형 아빠는 준형이 방을 나간 뒤 심각한 얼굴로 말했다.

"이제는 도망치고 싶지 않다는 거겠지."

아내가 울음기가 남은 단단한 목소리로 대꾸했다.

"앞으로 무슨 일이 벌어질지 몰라서 저러는 거야."

준형 아빠는 준형의 결정이 마음에 들지 않았다. 지금이라도 준형이가 마음을 돌리면 얼마든지 방법을 강구할 수 있었다.

"준형이가 그걸 몰라서 그러는 게 아냐. 자기도 괴로우니까 감당하겠다는 거잖아. 당신은 아직도 준형이가 버티는 게 좋다고 생각하는 거야?"

"어쩌다 우리 애한테 이런 일이 생긴 건지 속상해서 그러지. 지금까지 내가 준형이한테 바란 게 있었어? 그저 평범하게만 자라 달라는 거였잖아. 이게 욕심이냐고!"

"그동안 준형이 괴로워하는 거 못 봤어? 우리 앞에서 괜찮은 척하면서 버틴 거야.”

“이 일로 소년원이라도 가면 어떡할 거야? 인생이 망가질 텐데!”

“아무 일 없었던 것처럼 살아가는 게 더 끔찍해! 지금 준형이는 큰 용기를 낸 거라고. 준형이가 약해지지 않도록 부모로서 그 애 결정을 존중해 줘야지!”

아내가 자리에서 일어나 방을 나갔다. 준형 아빠가 뒤따라 나가 무어라 말을 걸었지만 아내는 더 이상 대화하고 싶지 않다는 듯 말없이 부엌으로 향했다. 한숨을 쉰 준형 아빠는 거실로 방향을 틀었다. 소파에 인형을 든 채원이 앉아 있었다. 아빠는 그 옆에 앉아 채원이 일찍 일어났네, 하고 인사를 건넸다. 채원이는 별 대꾸 없이 인형을 꼭 끌어안고만 있었다. 부엌에서 그릇 소리가 들려왔다. 아내가 아침을 준비하는 모양이었다. 심란한 마음에 마른세수를 하는데 눈앞에 불쑥 인형이 들이밀어졌다. 채원이 인형을 내민 거였다.

“응? 이거 아빠 주는 거야?”

채원은 아무런 표정 없이 거실을 뱅글뱅글 돌았다. 아빠는 채원에게 받은 인형을 내려다보았다. 채원이 가장 좋아하는 인형이었다. 인형을 물끄러미 보는데 갑자기 눈시울이 붉어졌다.

‘우린 채원이를 이 아이가 저지르지도 않은 죄의 범인으로 몰려 했어. 정말 부모로서, 아니, 인간으로서 할 짓이 아니었

어, 우리가 아이들에게 가해사가 될 뻔한 걸 준형이가 구해 준 거야.'

아내가 방을 나가며 한 말이 가슴을 쿡 찔렀다. 아빠는 두 손으로 머리를 감싸안았다. 고개를 들자 TV 옆에 놓인 가족사진이 눈에 들어왔다. 흐드러진 벚나무를 배경으로 놀이공원에서 찍은 사진이었다. 아빠의 어깨 위에 올라탄 채원은 해맑게 웃고 있었고, 그 옆에 선 준형과 아내도 환하게 웃고 있었다. 준형 아빠는 금방이라도 쏟아질 것 같은 눈물을 꾹 참았다.

방으로 돌아온 준형은 부암동 할머니를 떠올렸다. 할머니가 이 사실을 알면 큰 충격을 받을 것이다. 할머니가 자신을 얼마나 많이 아꼈던가.

할머니의 애정은 달콤하면서도 한없이 무거웠다. 할머니는 늘 준형의 머리를 쓰다듬으며 적당히만 하라고 했지만, 정작 준형은 할머니가 말하는 '적당히'가 대체 어디서부터 어디까지를 가리키는 건지 알 수 없었다. 할머니는 사고를 치거나 범죄를 저지른 십 대 애들이 뉴스에 나올 때면 혀를 끌끌 차며 말하곤 했다.

"요즘 애들은 다 왜 저 모양인지 모르겠네."

하지만 할머니는 준형이 그런 요즘 애들과는 다르다고, 아니, 달라야 한다고 믿었다. 준형을 흠결 없이 완벽한 아이로 여기며 자랑스러워했다.

그날 이후로 준형은 할머니에게 연락도 못 하고 피하기만 했다. 할머니가 알고 있는 준형은 그런 잘못을 저지를 수 없으니까. 하지만 준형은 흠결이 없지도, 완벽하지도 않았다. 그날 아래층 할머니의 말에 그토록 화가 났던 건 어쩌면 어른들의 기대를 짓밟고 싶어서였는지도 모른다.

준형은 경찰서로 가기 전 할머니에게 편지를 썼다.

할머니, 저 준형이에요. 이 편지를 쓰는 게 너무 어렵지만, 꼭 할 말이 있어서 용기를 내요. 저는 큰 잘못을 저질렀어요. 할머니는 언제나 저를 믿어 주셨는데 그 믿음에 부끄러운 행동을 했어요. 그 행동이 저를 무겁게 했고요. 하지만 이제 더는 도망치지 않기로 했어요. 경찰서에 가서 제 잘못에 대한 책임을 지려고 해요. 무섭지만 이게 맞는 길이라고 생각해요. 할머니가 실망하신다고 해도 어쩔 수 없어요. 할머니를 다시 뵐 때는 떳떳한 모습이었으면 좋겠어요.

할머니의 손자 준형 올림

준형은 편지를 다 쓰고 나서 지난 일들을 돌이켜 보았다. 더는 거짓말을 방패 삼아 자신을 지키고 싶지 않았다. 할머니나 아빠가, 아니, 모두가 실망해도 괜찮다. 중요한 건 내가 스스로에게 더 이상 실망하지 않는 것이다. 그것으로 충분하다.

준형은 마지막으로 현서를 불러냈다. 경찰서에 가기 전에 꼭 만나고 싶었다. 현서가 멀리서부터 허겁지겁 뛰어왔다.

"나 내일 경찰서에 가. 가기 전에 네 얼굴 한번 보고 가려고 불렀어."

현서는 준형의 말에 고개를 끄덕였다.

"준형아, 너한테 이 말 꼭 직접 하고 싶었어. 미안하다."

"뭐가 미안하다는 거야?"

"쪽지 넣고 그랬던 거. 네 입장에서 생각해 보니까 좀 그렇더라. 내가 잘못 행동했어."

준형은 운동화 끝으로 땅바닥을 툭툭 차며 묵묵히 현서의 말을 들었다.

"미안해할 거 없어. 처음엔 나도 화가 났지만 네 말 틀린 거 없으니까. 그날 이후로 단 하루도 마음 편한 날이 없었어. 하필 네가 그걸 봐 버렸다는 게 정말 끔찍하다. 네가 그렇게 안 했으면 난 아직도 내가 뭘 잘못했는지 몰랐을 거야."

"그래도 내가 그런 식으로 몰아붙이는 게 아니었어. 너한테도 상처였겠다는 걸 나중에야 알았어."

"어쩌면…… 너니까 받아들일 수 있었는지도 몰라."

"그렇게 말해 줘서 고마워. 그 동영상이 네가 고의로 그런 게 아니라는 걸 증명해 줄 수 있을 거야. 분명히 잘 해결될 거야."

현서는 그 말을 하며 준형의 손을 꼭 잡았다. 현서의 손은 따뜻했다.

준형은 평범한 일상이 얼마나 소중한 것인지 몰랐다. 여느 때와 다름없이 거실에서 채원이가 소리 지르며 뛰는 모습, 아빠가 웃으며 출근하는 모습, 가족 모두가 모여 밥을 먹는 시간, 친구들과 PC방에 몰려가서 게임을 하고 편의점에서 컵라면을 먹던 시간이 그리웠다. 어쩌면 그런 날이 돌아오지 않을지도 모른다. 하지만 그건 병원에 있는 할머니에게도 그럴 것이다. 이제야 알았다. 평범한 하루하루를 보낼 수 없다는 것이 무슨 의미인지. 두려움과 후회가 뒤엉킨 감정이 밀려왔다. 당장이라도 뒤돌아서 도망치고 싶었지만, 이제 더는 그럴 수 없었다. 그러지 않기로 했으니까.

경찰서 문 앞에 서자 다리가 무거웠다. 푸른 간판이 자꾸 흐릿하게 보였다. 부모님이 같이 가겠다고 했지만 혼자 가겠다고, 나중에 변호사가 필요하면 요청하겠다고 말했다. 그러나 막상 경찰서 앞에 오니 들어갈 용기가 나지 않았다. 문 하나만 열면 모든 게 끝날 텐데, 끝난다는 게 무서웠다.

'두려워.'

마음속에서 두렵나는 말이 들려왔다.

'그냥 진실을 말하기만 하면 돼.'

또 다른 말이 속삭이듯 들려왔다.

그 순간 핸드폰이 울렸다. 부암동 할머니였다. 지금쯤 할머니가 이 사실을 알고 전화한 게 분명했다. 준형은 한동안 핸드폰에 뜬 할머니라는 글자만 멍하니 바라보았다. 전화를 받기가 두려웠다. 전화를 받고 나면 다시금 할머니 뒤에 숨을지도 몰랐다. 아빠가 할머니의 눈치를 보며 살았듯이, 자신도 똑같이 할머니의 눈치를 보며 흠결 없는 사람이 되어야 한다는 강박에 시달릴지도.

여기서 돌아서면 아무 일도 없던 것처럼 살 수 있을까?

준형은 할머니의 전화를 끝내 받지 않았다. 흠결 없는 사람은 없다. 누구나 완벽하지 않기에, 자신의 행동에 책임을 지며 조금씩 더 나아지는 수밖에 없다. 경찰서에 가겠다고 결심하고 나서야 비로소 그날의 기억이 또렷해졌다. 나는 할머니를 밀지 않았다. 그럼에도 할머니가 계단 아래로 떨어지는 걸 본 순간 두려웠다. 숨기고 싶었다. 할머니를 살려야 한다는 생각보다 내가 먼저였다. 그때부터 모든 게 틀어졌다.

세상에 완벽한 거짓말은 없다. 아무 일도 일어나지 않는 보통의 나날이 얼마나 소중한지 알았으니, 지금이라도 돌아갈 곳을 만들어야 했다. 첫 단추가 잘못 끼워진 채로 옷을 입고 다닐 수는 없다. 잘못 끼워진 단추는 다시 끼워야 한다.

하늘을 올려다보았다. 잿빛 구름이 태양을 가리고 있었다. 그러나 저 태양이 곧 구름을 걷어 내고 빛을 드리울 것이다.

'이제 흔들림 없이 태양을 기다릴 거야.'

준형은 천천히 숨을 들이마시며 경찰서 문을 밀었다. 경찰서 안으로 한 발 내딛자, 가슴을 짓누르던 무거운 공기가 가벼워지기 시작했다.

　이 이야기를 쓰는 동안 저는 한 가지 생각에 몰두해 있었습니다.

　비상계단과 같은 CCTV 사각지대에서 범죄가 일어난다면…….

　가해자는 어떤 사람일까? 멀리 있는 사람이 아닐 수 있다. 뉴스 속 낯선 얼굴이 아니라 매일 보는 이웃, 내 옆에서 웃고 떠드는 친구, 나를 사랑한다고 말하는 가족, 때로는 나 자신일 수도 있지 않을까?

　이야기는 거기서부터 시작되었습니다. 우리는 매일 마주치는 사람들이 층간 소음이나 주차 문제로 서로에게 끔찍한 일을 저지르는 현실을 살아갑니다. 그로 인해 누군가의 삶이 송두리째 흔들리는 모습을 뉴스로 접하곤 하지요.

이야기 속에 등장하는 인물들은 모두 불완전한 존재입니다. 어떤 날은 용감하고, 어떤 날은 비겁하고, 어떤 날은 핑계를 대고, 어떤 날은 잘못된 선택을 합니다. 누군가를 해칠 마음 없이 무심코 한 행동에 깊은 상처를 주고받기도 합니다. 때로는 가장 가까운 관계가 서로에게 가장 큰 상처가 됩니다. 가까울수록 더 아프고, 친밀할수록 회복에는 더 오랜 시간이 필요하니까요.

이야기를 마친 지금, 질문은 여전히 남아 있습니다.

눈앞에 피하고만 싶은 문제가 불쑥 찾아올 때, 우리는 어떤 선택을 하게 될까?
난 그런 사람이 아니야, 설마 우리 가족이 그럴 리 없어, 라고 말하지 않을 수 있을까?

잘못을 저지르면 그 사실을 인정하고 멈추기 위해 큰 용기가 필요하지요. 나와 가까운 사람이, 내가 좋아하는 사람이 누군가를 아프게 했을 때도 이를 있는 그대로 받아들이는 용기가 필요합니다. 서로가 서로에게 상처가 되지 않도록 용서를 구할 용기도 필요합니다.
그러나 많은 이들이 자기기만과 두려움으로 침묵하며 방관

자가 되거나, 동조하며 가해사가 됩니다. 크든 작든 우리 안에
는 그런 마음이 있습니다. 하지만 우리에게는 책임을 지려는
마음도 있습니다. 반성할 줄 아는 마음도 있지요. 그런 마음을
외면하지 않는 사람들이 있는 한, 희망이 있습니다. 이 이야기
에 그 마음을 담고 싶었습니다.

여러분의 하루가 누군가에게 상처가 되지 않기를,
그리고 상처받은 이는 더 단단해지기를 진심으로 바라며

2025년 겨울
손현주

친밀한 가해자

초판 1쇄 펴낸날   2026년 1월 26일

지은이   손현주
펴낸이   홍지연

편집   홍소연 김선아 이예은 차소영 조어진 서경민
디자인   이정화 박태연 정든해 이설
마케팅   강점원 원숙영 김신애 김가영 김동휘
경영지원   정상희 배지수
저작권   한지훈

펴낸곳   ㈜우리학교
출판등록   제313-2009-26호(2009년 1월 5일)
제조국   대한민국
주소   04029 서울시 마포구 동교로12안길 8
전화   02-6012-6094
팩스   02-6012-6092
홈페이지   www.woorischool.co.kr
이메일   woorischool@naver.com

ⓒ손현주, 2026
ISBN 979-11-6755-359-1 43810

- 책값은 뒤표지에 적혀 있습니다.
- 잘못된 책은 구입한 곳에서 바꾸어 드립니다.

만든 사람들
편집   차소영
디자인   정든해